Nah dem Himmel

Marlene Warnke

Nah dem Himmel

Liebesroman/
Verlustgeschichte

Impressum

Bibliografische Information der Deutschen Nationalbibliothek:
Die Deutsche Nationalbibliothek verzeichnet diese Publikation in
der Deutschen Nationalbibliografie; detaillierte bibliografische
Daten sind im Internet über http://dnb.dnb.de abrufbar.
© 2023 Marlene Warnke
Herstellung und Verlag: BoD – Books on Demand, Norderstedt
ISBN: 978-3-7519-6945-1

Prolog

Sometimes I have that feeling I could fly
So I just have to open up my wings
Up to the clouds, to the sun and the sky
It's not time to think or to cry.

I'm going to fly even I can fall.
There's just nothing that could hold me.
I feel so free, I feel so good.
I only want to try to fly – that's all.

Why?
That's the question we always have to answer.
But if we answer, we'll never do.
The tears are going to come again
And we are going to start to cry.

I'm going to fly even I can fall.
There's just nothing that could hold me.
I feel so free, I feel so good.
I only want to try to fly – that's all.

Oh, I'm not going to wait for the right time in life.
I don't like tomorrow, yesterday or things like that.
If I can, I am going to,
Because you only can lose, what you had.

I'm going to fly even I can fall.
There's just nothing that could hold me.
I feel so free, I feel so good.
I only want to try to fly – that's all.

Looking down on this world is just strange
Because you know there's the evil everywhere
But you can't see it from above
Oh, how nice is that lie I adore.

I'm going to fly even I can fall.
There's just nothing that could hold me.
I feel so free, I feel so good.
I only want to try to fly – that's all.

Tag 30

„I'm going to fly even I can fall.

There's just nothing that could hold me.

I feel so free, I feel so good.

I only want to try to fly – that's all."

Ich las die letzten Zeilen zum wiederholten Male durch und legte den Brief mit schmerzverzerrtem Gesicht zur Seite. Es konnte einfach nicht wahr sein.

„Wir sehen uns in der Hölle wieder!" waren die letzten Worte meines Vaters gewesen. Tja, jetzt fehlte nur noch ich, auch wenn ich wirklich keinen Wert darauf legte, ihn wiederzusehen. Die zwei kleinen Engelchen – so wurden wir immer genannt. Und vielleicht sollte ich endlich auch auf das Dach des Hochhauses klettern und fliegen lernen. So wie meine Schwester Eleonore. Ja, das sollte ich. Ich konnte sie nicht einfach alleine lassen in der Hölle.

Tag 30 – Einfach Fort

Verzweifelt saß ich auf dem Fußboden, während ich ernsthaft darüber nachdachte, Eleonore zu folgen. Sie hatte sich so auf mich verlassen und doch ließ ich sie jetzt im Stich. Das durfte ich einfach nicht! Doch ein Teil in mir glaubte noch immer, dass alles nur ein Scherz war und sie gleich kommen würde. In meinen Gedanken malte ich mir aus, wie sie um die Ecke biegen und lachen würde. Sie würde mich in den Arm nehmen und mir erklären, dass alles nur ein Scherz sei. Sie würde mir erklären, sie hätte mich nur zu Besuch einladen wollen. Sie würde mit irgendeiner absurden Theorie ankommen und wir würden uns vor Lachen auf dem Boden wälzen. So wie immer. Nur dass sie dieses Mal nicht einfach um die Ecke kam und auch nirgendwo ein Lachen erklang. Nur Stille umhüllte mich. Ich war allein.

Ich hätte mir schon denken können, dass es kein Scherz war. So geschmacklos war sie nie gewesen. Doch sie konnte nicht einfach weg sein! Nicht sie! Nicht meine Schwester!

Plötzlich durchbrach eine Stimme die Stille. „Meinen Sie nicht, dass Sie irgendwann einmal vom Hausflur aufstehen sollten? Ich würde äußerst gerne zu meiner Wohnung durchkommen." Die Worte klangen kalt, wie so oft hier, und doch vergaß ich diese Worte nie. Sie hatten irgendetwas Besonderes an sich, was ich einfach nicht beschreiben konnte. Sie waren einfach der letzte Halt, an denen ich mich mit meinen Fingern am liebsten festgekrallt hätte, um nicht zu fallen.

„Bist du der Nachbar von Eleonore Angel?", fragte ich, ohne auf ihn einzugehen. Ihren Namen auszusprechen, schmerzte sehr. Ich wusste nicht annähernd, wieso ich ihn duzte und wieso ich ihn das fragte, doch es war ebenso. In den letzten Stunden ergab sowieso nichts einen Sinn, also war es mir egal, ob ich mich angemessen verhielt. Es zählte sowieso nichts mehr.

„Den gefallenen Engel, meinen Sie? Ja, ich kenne Eleonore. Sie hat mir viel von Ihnen erzählt, Elisabeth, dennoch würde ich Sie weiterhin bitten ...", fing der Fremde an, bevor ich ihn unterbrach. Seine Stimme hatte keine einzige Sekunde den Tonfall geändert, doch starrte er mittlerweile einfach stur die Wand links von ihm an, was mich verwunderte. Es war, als ignorierte er mich, was mir einen Stoß ins Herz verpasste.

„Du bist James Devil? Oder ist der Name ein schlechter Scherz?" Den Namen hatte sie einmal in einem Brief an mich erwähnt, doch würde es meiner Schwester zutrauen, sich diesen Scherz zu erlauben. Für sie schien die Welt immer nur ein schlechter Scherz zu sein. Sie konnte aus vollem Herzen lachen, während sie doch vor Verzweiflung weinte. Oh, ich habe sie nie verstanden. Aber vielleicht würde sie es mir bald erklären können. Wieder liefen mir Tränen über die Wangen. Wieso war sie nur weg? Oh, wie sehr hoffte ich, trotz dass es unmöglich war, darauf, dass sie zurückkommen würde. Sie durfte mich nicht verlassen! Nicht mich, die alle Jahre für sie da war. Nicht mich, die sie mehr als alles in der Welt geliebt hatte. Ich würde sie immer lieben und eines Tages würde sie verstehen, dass sie mich nicht für immer verlassen kann. Ja, sobald sie verstehen würde, wie sehr ich sie liebe, würde sie zu mir zurückkommen.

„James Lucifer Devilius Evil. Ein schöner Name, wie ich finde." Mit seinen trockenen Worten riss er mich wieder aus meinem nicht enden wollenden Gedankenfluss. James Lucifer Devilius? Wer war er denn bitte, der Teufel in Person? Keine Familie der Welt würde solch einen Namen vergeben! Das wäre doch total gestört! Irgendwie wirkte er amüsiert darüber, dass ich keine Antwort fand. Aber was sollte ich schon sagen? Ihm zustimmen, dass der Name schön sei? Ihm erklären, dass er eigentlich den, egal wie man es auch drehte, teuflischsten Namen der Welt hatte? Ich dachte kurz darüber nach, doch ich konnte nichts Gutes an daran finden. Lucifer Devilius ... Allein das klang schon grauenhaft, und noch dazu dieser Nachname. Selbst wenn man es abkürzte, kam Devil, also Teufel, heraus!

„Was für eine Scheiße", murmelte ich nach einiger Zeit.

„Vielen lieben Dank", antwortete er mir mit zuckersüßer Stimme. Kurz schien sich ein Lächeln auf sein Gesicht zu wagen, doch in der nächsten Sekunde war es schon wieder verschwunden. Außer schlechten Scherzen und Ironie bekam er wohl nichts auf die Reihe. Ein Wunder, dass sich meine wunderbare Schwester überhaupt mit ihm abgegeben hatte ...

Wieder krampfte ich mich zusammen und Tränen rollten über mein Gesicht. Wieso musste sie mich nur verlassen? War ich nicht gut genug gewesen? Oh, ich würde alles für sie tun! Alles! Und doch hatte sie mich nicht einmal genug geliebt, um bei mir zu bleiben.

„Miss! Würden Sie bitte den Weg freimachen? Ich möchte Sie durchaus nicht stören, doch ich würde gerne ungehindert zu meiner Wohnung kommen", bemerkte er zum wiederholten Male. Langsam ging es mir echt auf die Nerven — was wollte dieser Kerl nur? Verdammt, er hatte Eleonore nicht geholfen! Er sollte froh darüber sein, dass ich sein Erbsenhirn nicht mit meiner Faust an die Wand nagelte!

„Mistkerl!", schrie ich. Ich wollte ihm einfach nur in seine Fresse schlagen. Bestimmt war er der Grund für ihr Verschwinden gewesen. Und bestimmt würde sie zurückkommen, wenn sie nur wüsste, dass ich ihn losgeworden war.

Wie ich auf den Gedanken gekommen war, wusste ich nicht. Doch mir war die Logik vollkommen egal. Sie musste einfach nur zurückkommen! Oh, ich hätte alles getan. Ich dachte nicht daran, weshalb die Situation so war, wie sie eben war. Nein, mich interessierte nur, dass sie weg war. Ohne meine Schwester ergab einfach nichts mehr Sinn.

Nach ein paar Minuten hatte ich mich hochgerappelt und zog mich immer mehr an den Wand hoch. Meine Fingernägel brachen nach und nach ab, aber der Schmerz kam mir nur gelegen. Die sonst so weiße Tapete zerriss unter meinen Fingern und ich genoss das Geräusch. Der Schmerz und die Zerstörung waren doch sowieso alles in meinem Leben. Nur dieses Mal musste ich beides nicht in meinem Herzen spüren. Nein, dieses eine Mal war die Zerstörung real und ich hoffte mit meinem ganzen Herzen, dass er diesen Schmerz auch spüren würde. Dafür, dass er meiner lieben Schwester den Rücken zugewandt hatte. Dafür, dass sie nun fort war und mich verlassen hatte. Dafür, dass er sie nicht zurückgehalten hatte.

„Drecksschwein!", schimpfte ich aus vollem Herzen und warf mich nach vorne. Mir war egal, was er von mir dachte. Mir war sogar egal, was alle Welt von mir dachte! Eleonore war tot und nur das zählte.

Tag 30 – Hass

Mit all meiner Kraft warf ich mich nach vorne. „Ich hasse dich", schrie ich, kurz bevor er meine Hände abfing.

Sonderlich stark war ich nie gewesen, davon abgesehen war ich im Moment kaum zu einem heftigen Schlag fähig. Es war bestimmt ein Leichtes für ihn, meine Hand in der Luft zu stoppen. Doch es war mir egal, ob ich ihn jemals ernsthaft verletzen konnte. Ich wollte nur diesen Schmerz in mir loswerden.

„Ruhig", redete er beschwichtigend auf mich ein. Doch ich drehte durch und schlug wütend um mich.

„Bitte. Regen Sie sich nicht auf. Wut wird Ihnen auch nicht weiterhelfen." Genau diese Worte von ihm waren das Letzte, das ich gerade gebrauchen konnte. Ich war am Durchdrehen. Mir war es schnurzpiepegal, was für Folgen es für mich haben konnte. Ich wollte doch nur, dass Eleonore zurückkam! Verdammt, wieso kam sie denn nicht?

Wie wild schlug ich um mich, doch noch hielt er meine Hände fest. Meine Muskeln waren bis auf Äußerste gespannt und mein Herz schlug pausenlos. Adrenalin schoss durch meinen Körper und ich wollte einfach nur all diesen Schmerz loswerden. Den Schmerz, den ich über Jahre zusammengesammelt hatte und auch der, den mir meine Schwester mit ihrer Flucht bereitet hatte. Mit ihrem Sprung, besser gesagt.

Mit Kraft trat ich gegen James' Bein, doch er verzog keine Miene. Seine Hände verkrampften sich, doch offenbar riss er sich zusammen. Ich hielt es nicht aus! Er war wie Eleonore. Sie hatte sich auch immer die größte Mühe gegeben, fehlerfrei zu wirken. Und doch war sie nun weg und hatte mich verlassen. Wieso nur? War ich nicht gut genug? Bestimmt, denn sonst hätte mich nicht jeder verlassen.

Kurz hatte ich meine schmerzenden Gelenke ausgeruht, doch schon holte ich zum nächsten Schlag aus. Ich hasste diesen Kerl! Was wagte er auch, sich in meine Angelegenheiten einzumischen? Er war unmöglich! Nerviger ging es kaum!

Da er langsam locker gelassen hatte, zog ich meinen Arm aus seinem Griff. Nach einem kräftigen Schlag ins Zwerchfell ließ er nun endgültig los. Seine Augen funkelten bitterböse, doch immer noch kam nicht eine einzige Beleidigung aus seinem Mund. Verdammt! Sollte er doch schreien, alles war besser als die Ruhe! Ich konnte diese Stille nicht mehr ertragen! Immer alle, die so taten, als würden sie verstehen. Und dabei verstand es niemand! Immer dieses „alles wird gut", dabei würde es nie mehr wieder gut werden! Immer dieses „nun lächle doch, lächeln macht dich hübscher", dabei war mir die Schönheit verflucht nochmal egal! Ich wollte doch nur, dass Eleonore so schnell wie möglich wiederkam! Verdammt, wieso kam sie denn nicht? Ich hatte doch sonst niemanden!

„Wieso? Wieso nur?", wimmerte ich leise und brach einfach in mir zusammen. Wieso kam sie nicht? Wieso ließ sie mich nur so im Stich? Ich brauchte sie doch! Wieso tat sie mir das nur an? Ich betete dafür, dass sie wiederkam. Sie konnte doch nicht so einfach weg sein!

James währenddessen hatte sich wieder gefasst und stand aufrecht, während er irgendwelche Taschen neben sich aufhob. Wollte er etwa gehen? Alle verließen mich doch! Niemand konnte mich ertragen!

Ich krampfte mich zusammen und ließ meinen Tränen freien Lauf. Ich hatte ihre Scherze nie gemocht. Immer musste sie mich im Stich lassen. Und immer war alles nur ein Scherz. Und ich lächelte und alles war in Ordnung. Nur dieses Mal nicht. Nein, diesmal kam sie einfach nicht, auch wenn ich bereit war, auf Knien darum zu betteln. Sie konnte nicht einfach gehen! Sie war doch meine Schwester!

„Sagst du Eleonore, dass ich auf sie warte?", bat ich ihn leise. Meine Stimme zitterte und ich bekam kaum ein Wort heraus. Eigentlich war die Situation total obskur: Ich bat einen fremden Kerl, den ich einfach so geschlagen hatte, darum, meiner Schwester etwas mitzuteilen. Und trotz allem fühlte es sich nicht seltsam an — nein, trotz seiner äußerlichen Kälte strahlte er eine Wärme aus, die ich nicht wirklich beschreiben konnte. Auf seine Art und Weise war er wie Eleonore.

Er drehte sich noch einmal zu mir um und musterte mich kurz. „Sie kommt nicht zurück", verkündete er letztendlich.

„Sie kommt! Sie wird kommen! Sie würde mich nie verlassen!", schrie ich und hämmerte wie wild auf den Boden ein. Sie konnte doch nicht einfach weg sein, oder? Das konnte einfach nicht sein!

„Beruhigen Sie sich, Miss Angel. Und bitte zertrümmern Sie nicht den gesamten Hausflur", entgegnete er trocken. Seine einfache Reaktion entgeisterte mich vollkommen. „Und bitte zertrümmern Sie nicht den Hausflur", welcher Mensch würde so etwas sagen? Galt seine einzige Sorge in dieser Welt dem Hausflur? Musste er immer die Fassung bewahren?

„Nein, ich beruhige mich nicht! Ich will mich nicht beruhigen! Wieso auch? Hier sind doch eh nur verdammte Idioten!" Dieses Mal zitterte meine Stimme nicht und meine Gedanken legten auch eine Pause ein. Diese Welt interessierte sich sowieso für nichts außer für Geld!

„Verfluchte Idioten!", brüllte ich in die Welt hinaus, so laut ich nur konnte. Doch kaum hatte ich meinen Kopf wieder zu James gewandt, war die Tür hinter ihm auch wieder zu. Selbst der Teufel ließ mich allein. Wie verloren konnte man noch sein? Es gab wirklich nichts mehr, das mich hier hielt. Eleonore wollte sowieso nicht zu mir zurück. Nein, offenbar liebte sie mich nicht mehr. Ich war es nicht wert, geliebt zu werden. Nicht von ihr, nicht von jemand anderem. Ich war einfach nur abscheulich.

Ich zog meine Beine eng an meinen Körper und lehnte meinen Kopf an die Wand von Eleonores Wohnung. Hineingehen konnte ich wirklich nicht. Was, wenn sie ganz bald zurückkäme? Oh, sie würde bestimmt sauer werden. Ihre Ordnung durfte niemand zerstören, so war es schon als Kind gewesen. Und das Letzte, was ich wollte, war sie zu verärgern. Denn auch wenn sie mich wohl nicht mehr liebte, so war sie immer noch meine Schwester.

Aber wohin konnte ich gehen? Nachhause fahren? Nein, da würden mich nur all die Leute erwarten, die mir Lügen über sie erzählten. All die Leute, die mich in den Arm nahmen, und mir beteuerten, wie sehr es ihnen doch leidtäte, dass ... Egal. Ich wusste, dass alles nur eine Lüge war, und nur das zählte. Nichts würde mich und Eleonore jemals trennen können.

So saß ich also einfach vor der Tür und starrte ich die Ferne. Ich wollte weder weg, noch konnte ich ewig hier bleiben. Innerlich zerriss es mir das Herz, dass meine Schwester einfach nicht kam. Wieso nur? Ich hätte wirklich alles für sie getan, wenn ich nur wüsste, was!

Vielleicht konnte ich ihr folgen ... Ich verwarf den Gedanken sofort, da er völlig unlogisch war. Doch nach einigen Minuten kam ich wieder darauf zurück. Ihr folgen, ja, das war eine gute Idee. Doch wohin? Das zählte nicht. Sobald ich ihr nur folgen würde, würde ich wissen, wohin sie gegangen war. Denn schließlich konnte sie nicht auf ewig fort sein. Nein, sie würde mich niemals für immer verlassen.

Langsam rappelte ich mich hoch und holte tief Luft. Hier drinnen war es wirklich furchtbar stickig, doch ich würde bald wieder draußen sein. Oben, auf dem Dach, wo die Luft frisch vom Himmel kam. Wo all der Schmerz verfliegen konnte. Wo ich endlich fliegen lernen würde.

Ich seufzte und drückte meinen Rücken durch. Aufgeschürfte Haut schien meinen ganzen Körper zu umgeben, doch ich spürte diesen Schmerz kaum. Mein Herz schien von innen zu zerschmettern, doch ich wusste, dass es bald beendet sein würde. Eleonore hatte geschrieben, sie würde versuchen zu fliegen. Und ich wünschte mir nichts sehnlicher, als ihr zu folgen.

Vorsichtig schritt ich auf die Treppe zu. Ich wusste, sobald ich oben war, gab es kein Zurück mehr. Egal, ob ich fallen würde oder fliegen. Doch an dem Punkt, an dem ich jetzt angelangt war, konnte ich wirklich nicht mehr tiefer fallen.

Tag 30 – Fallen Und Fliegen

Die kalte Morgenluft ließ mich kurz frösteln, als ich hinaustrat. Die Sonne ging gerade erst am Horizont auf und erleuchtete die Stadt. An sich war es kein atemberaubender Ausblick – Wolkenkratzer, wohin man nur sah, wobei dieser hier nicht gerade einer der kleinsten war.

In Erinnerung an Eleonores Gedicht schloss ich die Augen. Einfach nur fliegen – ja, das war auch genau mein Wunsch. Einfach nur die Lasten dieses tristen Daseins zwischen Geldhaufen und Arbeitsstunden ablegen und fliegen. Auch wenn ich fallen konnte. Nichts zählte mehr. Ich wollte meine Schwester zurückbekommen. Und es schien mir der einzige Weg, wie ich ihr folgen konnte.

In dieser Welt gab es nichts, das ich vermissen würde. Niemand hatte mich je aus tiefstem Herzen gemocht und ich hatte nicht einmal etwas Wertvolles, von materiellem Schrott einmal abgesehen. Ich arbeitete, auch wenn ich nicht wusste, wofür. Lebte in einem Haus, das ich nicht ausstehen konnte. Verbrachte sogar meine Freizeit mit Freunden, die nur wegen meinen ewigen Geschenken bei mir blieben. Ich hatte nichts mehr. Bis auf ein paar bedruckte Zettel hatte ich nichts.

Mit jedem Schritt auf den Abgrund zu entfernte ich mich immer mehr von meinem Leben. Ich wollte nur noch all die Schmerzen loslassen und fliegen — vielleicht sogar einmal in meinem Leben über all das Böse in dieser Welt siegen. Ich wollte Eleonore folgen, egal, was es mich auch kosten würde.

Kurz vor der Kante blieb ich stehen und zögerte. Würde ich wirklich fliegen? Doch das zählte nicht. Nicht einmal vor dem Fall fürchtete ich mich mehr. Ich wollte nur noch diesem Leid ein Ende setzen.

„Miss Angel!" Ein Schrei durchbrach die Stille. Doch ich reagierte nicht. Ich musste nur noch zwei Schritte machen, und dann würde alles ein Ende haben. Nur noch zwei Schritte, die mich von meiner Schwester trennten. Zwei Schritte bis zum Glück.

„Elisabeth! Sie werden nicht fliegen!" Wieder diese schreckliche Stimme. Als ob er etwas wusste. James verstand doch nichts. Er hatte nicht einmal verstanden, wie es Eleonore ging. Und wegen ihm war sie fort. Doch sie würde zurückkommen, wenn ich sie nur darum bitten würde. Und deshalb musste ich einfach versuchen zu fliegen.

„Bitte, Elisabeth! Sie werden nur fallen!", schrie James wieder. Doch keinen einzigen Schritt kam er auf mich zu. Er tat nichts, um mich aufzuhalten. So wie er meine Schwester nicht aufgehalten hatte.

Wütend drehte ich mich um; meine Fersen streiften schon die Kante. Dort stand er — neben dem Ausgang, sich verzweifelt an der Tür festklammernd. Panik war in seinen Augen zu erkennen, doch das geschah ihm nur Recht. Er war Schuld — und er musste damit leben. Er hatte einen Menschen getötet, indem er diesem nicht geholfen hatte. Und dafür hasste ich ihn.

„Was ist? Angst? Willst du etwa nicht hinunterfallen?" Ich lachte, während mir Tränen über die Wangen liefen. Absichtlich langsam ging ich rückwärts, bis ich mich kaum mehr auf dem Dach halten konnte. Mein Leben lang hatte ich nur vernünftig überlegt und immer die beste Lösung für alle gesucht — nun wollte ich nur noch Eleonore folgen. Ich wollte nicht mehr dieses Leben. Sie sollte zu mir zurückkommen. Und er war derjenige, der mich von ihr fernhielt, weshalb ich den Schmerz in seinen Augen genoss. Er war längst nicht so perfekt, wie er wirken sollte, wie er genau in diesem Augenblick bewies.

Er ließ langsam von der Tür ab und kam auf mich zu. Jeder Schritt schien ihm alle Mühe zu kosten, was mich nur amüsierte. Ich genoss die Freiheit, während sie ihm Angst bereitete, was man bei jedem Schritt erkennen konnte. Bloß nicht zu nah an den Abgrund geraten, dachte er sich wohl gerade. Weshalb er es überhaupt riskierte, war mir ein Rätsel.

Ich blickte zum Himmel hinauf. Die Wolken über mir schwebten langsam hinfort. Vielleicht würden sie mich nun mitnehmen. Ich lächelte zart und konnte meinen Blick mit Mühe abwenden. Diese Reinheit, diese Perfektion, welche die Wolken widerspiegelten - wie sehr hätte ich sie mir in meinem Herzen gewünscht. Denn was gab es schon, das Elisabeth Angel Besonderes an sich hatte? Ihr ewiges Versagen. Ihre Unfähigkeit dazu, etwas richtig zu machen. Ansonsten hatte ich nichts, das wirklich bedeutend war.

„Ein Sprung wird Ihr Herz nicht von dem Leid erlösen!", rief James. Bei jedem Schritt schwankte er hin und her und betrachtete fast nur den Boden. Er glaubte offenbar, er würde mich verstehen. Doch niemand verstand mich. Er war doch nur ein verängstigter, verschrobener junger Mann, der seinem Namen alle Ehre machen wollte. Devil. Er war der Teufel und für Eleonores Tod verantwortlich. Und diese Schuld würde er ewig mit sich tragen müssen. Niemals würde ich ihm dafür vergeben, dass er sie nicht hiergehalten hatte. So wie mir auch nicht.

Innerlich versuchte ich schon, mit dieser Welt abzuschließen. Ich würde meiner Schwester folgen. In die Ewigkeit. Denn ich konnte sie nicht einfach im Stich lassen. Nicht sie. Nicht Eleonore.

Langsam und zögerlich drehte ich mich um und blickte in den Abgrund. Leere war vor mir. Und doch war mein Herz leerer als jeder Abgrund dieser Welt. Tränen fielen vor mir ins Nichts und ich wollte mich nur noch hinterher stürzen. Doch — irgendetwas hielt mich zurück. Vielleicht sogar dieser absolut nervige Kerl, der mich vom ersten Moment an in den Wahnsinn trieb. Denn selbst Hass war besser als die endlose Leere, die sich vor meinem spontanen Umzug nach Trewlancey dort befand, sowie jetzt auch.

Schritte waren hinter mir zu vernehmen. Er mühte sich offenbar immer noch damit ab, mich zu erreichen. Dabei hätte er Eleonore retten sollen! Und was hatte er getan? Nichts! Jetzt war es sowieso für alles zu spät.

„Elisabeth! Warte! Es gibt kein Zurück, sobald du fällst!" Kein Zurück, sobald ich falle. Von wegen! Ich würde doch fliegen! Ich musste einfach fliegen! So wie

Eleonore. Ich wollte doch nur zu ihr. Verdammt, wieso war sie jetzt nicht hier?

Ich hob meinen Fuß und streckte ihn nach vorne. Wie tief ging es dort wohl nach unten? Dreißig, vierzig Meter oder sogar mehr? Egal, ich würde schließlich in die Höhe fliegen und nicht fallen. Das durfte einfach nicht passieren! Also lehnte ich mich weiter nach vorne und ...

Tag 30 – James

Ich fiel. Im ersten Moment erschien es, als würde ich wirklich fliegen. Der Himmel war direkt über mir. Endlich würde ich meine Schwester wiedersehen, das dachte ich jedenfalls.

Hart schlug ich auf. Auch wenn mein Fall nur wenige Sekunden dauerte, so raubte mir der Aufprall kurz die Sinne. Ich schloss die Augen. War das das Ende? War ich etwa im Himmel gelandet? Würde ich nun Eleonore wiedersehen? Oder würde ich jetzt sterben? Plötzlich ertönten hinter mir Schritte und noch bevor ich wusste, von wem sie kamen, erklang auch eine schreckliche Stimme. James. Wie immer. Er vermasselt wirklich alles. „Du ... ich meine Sie, sollten sich zusammenreißen. Niemand will Ihre Überreste auf dem Bürgersteig kleben haben, das können Sie mir glauben. Und Ihre Schwester bekommen Sie auf diese Weise auch nicht wieder." Liebenswürdig so wie immer. Sicher sollte es gut gemeint sein.

Ich jedoch blieb einfach liegen. Mir war jetzt sowieso alles egal. Wieso kam Eleonore nicht? Wieso konnte ich sie nicht erreichen? Wieso musste mir dieser schreckliche Kerl immer im Weg stehen?

„Sie saßen doch im Weg, sonst hätten Sie mir sicherlich nicht meine Zeit vergeudet." Ups ... da hatte ich wohl zu laut gedacht. Aber trotzdem — unmöglich war dieser Kommentar dennoch. Seine Zeit vergeudet ... Er hatte die Lebenszeit meiner Schwester vergeudet! Er hätte ihr helfen sollen! Helfen müssen! Und er ließ nicht zu, dass ich sie wiedersehe! Ich hasste diesen egoistischen Volltrottel!

„Ein Volltrottel bin ich eigentlich nicht, Miss Angel", kommentierte James. Wieso dachte er bloß, dass ich mit ihm spreche? Trottelig ist das hundertprozentig.

„Klar bist du einer! Ein Volltrottel, der weder Hirn noch Herz hat und dafür Schuld ist, dass Eleonore fort ist! Sie wollte fliegen und ich werde es auch! Da kannst selbst du nichts mehr daran ändern!", schrie ich ihn an. Voller Wut hämmerte ich auf das verfluchte Betondach unter mir ein. Tränen rannen mir über das Gesicht und ich hatte keine Kraft, um mich aufzurichten. Selbst meine Schläge waren schwach. Ich wollte nur noch aufgeben. Und auch wenn ich nur nach hinten gefallen war, so hätte kein Fall tiefer sein können.

„Außerdem sollten Sie irgendwann aufstehen, hier oben ist es schließlich nicht sonderlich bequem. Und ich werde auch nicht Ewigkeiten warten, nur weil Sie absurderweise versuchen zu fliegen", antwortete er mir mit emotionsloser Stimme.

„Dann auf Wiedersehen", gab ich mit weinerlicher Stimme zurück. „Auf Nimmerwiedersehen."

Die Schritte entfernten sich und die Tür knarrte. Nun hatte selbst James Devil mich verlassen. Nicht mal der Teufel wollte etwas mit mir zu tun haben. Ich war vollkommen alleine in dieser düsteren Welt, wenige

Zentimeter vor mir der Abgrund. Doch ich hatte einfach keine Kraft, aufzustehen und vermutlich einfach zu fallen. Es war sowieso sinnlos. Minutenlang lag ich auf dem Rücken, die Augen immer noch fest verschlossen. Dann knarrte die Tür erneut und einige Schritte ertönten. „Sie können nicht ewig hierbleiben, Miss Angel. Sie erkälten sich nur."

„Mir doch egal. Mit ein wenig Glück kratze ich dann an einer Lungenentzündung ab. Es ist nicht Ihre Angelegenheit, was aus mir wird. Bei Eleonore war es Ihnen doch auch schnurzpiepegal." Tränen sammelten sich wieder in meinen Augen. Wann würde sie nur endlich kommen? Wieso ließ sie mich nur so im Stich?

„Wenn Sie sich dazu entschlossen haben, mir Eleonores Tod anzuhängen, dann tun Sie das ruhig. Aber ich bin weder gewillt, weitere etliche Stunden bei der Polizei als Zeuge, noch meinen gesamten Abend in dieser abscheulichen Höhe zu verbringen. Also los. Worauf warten Sie noch?" In den paar Minuten, in denen er unten war, hatte er wohl die letzten Tassen aus dem Schrank alias Gehirn geräumt ... Auf jeden Fall brachte es etwas, denn vor Verwirrung setzte ich mich auf. „Was zur Hölle ..." Weiter kam ich nicht, denn er unterbrach mich sofort mit „Wie bitte. Das heißt ‚wie bitte', Miss Angel" . So ein Spießer ...

Noch immer verwirrt stand ich letztendlich auf und ging hinein. Ich war wie in Trance. Hatte ich die letzten Tage geträumt? Wie konnte all das wahr sein? Dieser schreckliche Kerl mit der Ausdrucksweise aus dem neunzehnten Jahrhundert konnte einfach nicht der Realität entsprungen sein! Aber, so sehr ich es auch bedauerte, denn er war das Letzte, was ich gerade gebrauchen konnte, das war er. Er war einfach ... Dafür gab es nicht einmal Worte! Schlichtweg unmöglich!

Kaum war ich durch die Tür ins Treppenhaus gekommen, hatte er schon meinen Arm ergriffen. Von ergriffen konnte dabei eigentlich nicht einmal die Rede sein, den er hielt mich mit zwei Fingern und so viel Abstand, wie nur möglich. Ab dem Zeitpunkt habe ich aufgehört, mich für diesen Tag zu fragen, was alles möglich sein kann. Bei ihm war einfach alles möglich.

Vorsichtig schritten wir mehr oder weniger gemeinsam die Treppe hinunter, während ich mich aufgrund des Tränenschleiers vor meinen Augen mehrmals fast auf die Fresse legte. Wieso war ich nur vom Hausdach hinuntergekommen? Es gab nur eine plausible Erklärung, die ich aber nicht anerkennen wollte. Irgendwie hing ich wohl doch an meinem beschissenen Leben, um das sich gerade ein neurotischer Volltrottel, den ich hasste, kümmerte. Besser ging es nicht.

Meine Schluchzer verstummten und die Tränen versiegten, als ich vor Eleonores Haustür stand. Wieder empfing mich die grenzenlose Leere, die ich mit sinnlosen Gedanken zu füllen versuchte. James Devil stand direkt hinter mir und schien auch zu zögern. Ich warf zwar keinen Blick nach hinten, also hatte ich absolut keinen Plan, wie sein Gesicht in dem Moment aussah, doch er schien mir ziemlich aus der Fassung geraten zu sein. Minutenlang standen wir einfach da. Ich konnte die Tür nicht einfach öffnen. Eleonore würde böse sein, wenn ich hineinkäme, ohne mich vorher angemeldet zu haben. Es war einfach unhöflich, in fremde Wohnungen hineinzugehen. Jedenfalls redete ich mir das ein. Vermutlich machte mir einfach der Gedanke Angst, dass sie nicht daheim war und niemals mehr kommen würde. Ich wollte sie nicht verlieren, und fürchtete mich einfach davor. Ich wusste, sie würde nicht kommen, doch ich akzeptierte es nicht. Sie musste kommen, verdammt noch mal! Sie musste einfach! Nach endloser wirkender Zeit entkam James Devil seiner Schockstarre. „Ich glaube, Sie sollten lieber die Tür aufschließen, Miss Angel." Seine Stimme zitterte und für einen Moment wirkte er fast wie ein vernünftiger Mensch.

„Aufschließen?", fragte ich nervös nach. Ich schluckte und mein Herz hämmerte wie wild. Langsam steckte ich meine Hand in die Tasche, um den Schlüssel herauszuziehen. Schon vor Jahren hatte meine Schwester mir den Zweitschlüssel gegeben, den ich seitdem immer an meinem Schlüsselbund trug. Doch kaum hatte ich den Schlüssel auch nur berührt, zuckte ich zurück. Ich konnte einfach nicht!

„Es geht nicht", gab ich weinerlich hervor. „Ich kann nicht!" Immer mehr Tränen flossen mir über das Gesicht. Ein weißer Schleier lag vor meinen Augen und auch innerlich trennte mich etwas von der Außenwelt ab. Ich war in der endlosen und qualvollen Leere gefangen. Und egal, wohin ich auch kam, in den letzten drei Tagen hatte mich diese Leere überallhin begleitet.

James seufzte kurz, unterließ jedoch seine nervigen Kommentare. Es überraschte mich, dass er urplötzlich so verständnisvoll war. „Also gut. Ich übernehme das." Vorsichtig schob er mich zur Seite und zog seine Brieftasche hervor. Mit äußerster Sorgfalt klappte er es auf und kramte sich durch gefühlt Abermillionen Taschen, bevor er einen Schlüssel hervorzog. Also wenn das nicht hundertprozentig neurotisch war ... Doch eigentlich war es mir egal, wie schräg dieser Typ war, schließlich war er dennoch wie alle anderen. Alle wollten mich nur davon überzeugen, dass Eleonore nicht kommen würde, dass sie fort war. Aber das stimmte nicht! Das durfte nicht stimmen!

James Devil steckte den Schlüssel ins Türschloss und stockte dann. Kurz sackte seine aufrechte Haltung in sich zusammen und ich dachte, etwas wie eine Träne auf seiner Wange erkannt zu haben, doch ich hatte mich wohl geirrt. Nur wenige Sekunden später blickte er wieder starr ins Nichts und seine Haltung war so abweisend, wie ich mich die gesamte letzte Stunde daran gewöhnt hatte. Zögernd und immer wieder zwischendrin anhaltend drehte er den Schlüssel um und stieß die Tür auf. Das alte, fast völlig durchlöcherte Sofa, der wackelnde Esstisch, der nur noch drei Beine hatte, die schief hängenden Bilder an der Wand und selbst die Gardinen, die früher einmal Tischdecken von der Müllkippe waren, jagten mir einen unangenehmen Schauer über den Rücken. Ich war schon so oft hier gewesen, schließlich war ich auch die Eigentümerin dieser Wohnung, doch so war es noch nie gewesen.

Ich schluckte und krallte mich am Türrahmen fest. Vor meinem inneren Auge sah ich das letzte Treffen von mir und meiner Schwester. Sie hatte die Tür aufgerissen, kaum dass ich überhaupt geklingelt hatte. Sie wusste sofort, dass ich da war, allein an meinem taktvollen Klingeln und war mir um den Hals gefallen, wobei sie mich gleichzeitig mit zu Boden gerissen hatte. Es war einfach perfekt gewesen. Mit ihr war einfach jeder Moment perfekt gewesen. Immer mehr

Tränen sammelten sich in meinen Augen. Sie kam nicht. Wieso kam Eleonore nicht? Ihr immerwährendes Grinsen verblasste vor meinen Augen. Sie war fort.

James schritt langsam in den Raum hinein. Ich wollte ihm folgen, doch ich konnte nicht. Etwas hielt mich zurück. Dieser Teil in mir, der mich davon überzeugte, dass Eleonore sicher drinnen war und bald hinaustreten würde. Dieser Teil, der den Rest von mir trotz der Unwahrscheinlichkeit davon überzeugte, dass es so sein musste. Mein Blick schweifte zu den Bildern an den Wänden. Die meisten waren von ihr und mir, wer von uns beiden wo stand, konnte nicht einmal ich sagen. Dasselbe hellblonde Haar, dieselben blauen Augen, diese furchtbar süßen weißen Kleidchen mit Rüschen. „Meine kleinen Engelchen, ihr seid wirklich wunderbar", wie oft Mutter das gesagt hatte, weiß ich nicht einmal mehr. Und dennoch hatte sie Eleonore einfach von Vater wegschicken lassen. Und jetzt war nur noch ich von dem Engelduo übrig.

Alles drehte sich und ich sank auf den Fußboden. Sie würde nicht kommen, das wusste ich. Nur konnte ich es nicht wahrhaben. „Sie kommt nicht. Nie wieder. Nicht wahr?", fragte ich James. Meine Stimme zitterte und es war kaum mehr als ein Flüstern. Es war einfach zu viel für mich. Sie war doch die einzige Person, die mir etwas bedeutete! James drehte sich zu mir um und hockte sich hin. Konzentriert starrte er die Wand an, als wolle er nicht mit mir reden. Nun rollten auch ihm einige Tränen über das Gesicht, auch wenn er sie sofort wegwischte.

„Ja. Sie ist gefallen. Endgültig. So sehr wir beide es auch bedauern."

Tag 29

„Why?

That's the question we always have to answer.

But if we answer, we'll never do.

The tears are going to come again and we are going to start to cry."

Wieso? Wieso kam sie nicht? Wieso hatte sie sich nicht an mich gewandt? Wieso hatte Eleonore mir nicht vertraut? Wenn sie mir all diese Fragen beantwortet hätte, wäre sie niemals fort gegangen. Doch für sie gab es immer nur das Hier und Jetzt. Keine Fragen, keine unnützen Gedanken. Sie hätte viel im ihrem Leben nicht getan, wenn sie nachgedacht hätte. Vermutlich wäre sie dann mein absolutes Ebenbild. Erst die letzten Tage hatte ich so unlogisch gehandelt wie sie. Sie wäre stolz gewesen, doch ich fühlte mich noch nie so verloren. Noch nie hatte ich mich mehr danach gesehnt, einen Menschen an meiner Seite zu haben, dem ich vertrauen konnte. Immer war sie dieser Mensch gewesen. Sie war diejenige gewesen, die mit mir jede noch so dämliche Idee ausdiskutiert hatte. Sie war diejenige gewesen, die mich mit ihren seltsamen Macken und Sprüchen oft zum Lachen gebracht hatte. Sie war diejenige gewesen, die ich um Mitternacht besuchen kommen konnte und die dennoch sofrt die Tür aufgerissen hatte. Sie war diejenige gewesen, auf die ich mich verlassen konnte. Meine einzige Schwester, so viele Unterschiede wir auch hatten. Und nun? Nun war sie nicht mehr da und ich war allein. Wieso? Wieso nur?

Tag 29 – Bilder

Ich starrte an die Decke. Endloses Nichts offenbarte sich mir. Es war ein schrecklicher Tag gewesen.

Mit Wucht schlug ich die Decke zurück und setzte mich auf. Ich hasste diese Wohnung! Alles war ... Eleonore so ähnlich. Immer hatte ich das Gefühl, dass sie gleich kommen würde, auch wenn es nicht so sein würde. Nie mehr. Sie wollte fliegen und fiel. Ganz einfach und verständlich. Doch egal wie oft ich diese Worte dachte, mein Herz schien es nicht zu verstehen. Ich drückte mich vom Bett hoch und taumelte durch den Raum. Die etwas kurz geratenen zerlöcherten Gardinen ließen das Laternenlicht durchs Zimmer scheinen. Vor mir hingen massenhaft Bilder an der Wand. Fotografien, selbstgemalte Bilder und auch ein paar Leinwände mit aufgeklebten Fotos. Fast jedes Bild zeigte sie und mich. Zwei unzertrennliche Schwestern. Nur, dass es die beiden nicht mehr gab. Nein, sie war fortgegangen, weil sie mich nicht geliebt hatte. Kraftvoll schlug ich die Bilder von der Wand. Ich hasste diese verflucht glücklich wirkenden Bilder! Ich hasste es, dass sie mein Foto in der ganzen Wohnung hängen hatte, auch wenn sie mich so sehr gehasst haben muss, dass sie mich verließ! Ich hasste sie!

Es krachte laut und alles fiel zu Boden. Bilder, Stühle und sogar Stücke der Tapete, die ich aus meinem Zorn heraus einfach abriss. Meine Schreie machten dieses unfassbare Chaos perfekt. Ich schrie vor Wut, vor Verzweiflung und sogar vor Einsamkeit. Wenn ich an Eleonore dachte, kam in mir dieser unglaubliche Hass hoch. Ich liebte sie, doch ich hasste sie.

Nachdem alles in Schutt und Asche lag, sank ich auf den Boden. Splitter bohrten sich in meine Knie und es knirschte bei jeder Bewegung. Stille empfing mich, als ich einfach ruhig auf dem Boden lag, all die Zerstörung um mich herum. Niemand antwortete auf all die Fragen in meinem Herzen. Niemand, der sich überhaupt um mich kümmerte. Ich war allein.

Ich drehte meinen Kopf zum Fenster. Nur etliche Hochhäuser waren im Halbdunkel zu erkennen. Kein Sternenhimmel, kein Mond. Zu hell war es hier. Einzig und allein meine Schwester hatte es immer auf die Reihe bekommen, Sterne in diesem hellen und staubverhangenen Nichts zu erkennen. Sie konnte auch das Gute in jedem noch so schlechten Menschen erkennen. Nur nicht in sich selbst. Wieder kamen die Tränen und ich hatte keine Kraft mehr, etwas zu zerstören. Es war sowieso umsonst. Alles war umsonst. Vielleicht war Eleonores Entscheidung auch die einzige Möglichkeit gewesen.

Ich drehte mich auf die Seite und hockte mich hin. Alles schmerzte noch von meiner kleinen Wutattacke. Ich hob ein Bild aus den Scherben heraus. Es war ein selbstgemaltes, wann sie es gemalt hatte, wusste ich nicht, da sie ihr Leben lang nicht sehr gut malen konnte. Es zeigte so wie immer mich und sie, zwei Blondinen in dreieckigen Kleidchen. Ein abscheuliches Bild, dennoch tat es mir leid, dass es nun halb zerrissen war. Langsam ließ ich das Bild sinken und nahm ein anderes in die Hand. Eine Leinwand, mit aufgeklebten Fotos. Alles war etwas schwer zu erkennen, deshalb hob ich es näher an mein Gesicht. Ich schnappte nach Luft, als ich das Foto in der Mitte wiedererkannte. Unser siebzehnter Geburtstag. Der letzte Tag, an dem meine Eltern und wir noch zusammenwohnten. Mein Vater war so sauer gewesen wie schon ewig. Sie war immer eine Enttäuschung für ihn gewesen.

Mit einem lauten Schluchzer ließ ich auch dieses Bild sinken. Stattdessen hob ich eine Fotografie auf, die hoffentlich nicht so viele schlechte Erinnerungen wecken würde. *James und ich, Freunde für immer,* das stand auf der Rückseite. Fast hätte ich ihn nicht wiedererkannt, schließlich hatte er nie angedeutet, dass er sie besser gekannt hatte. Freunde. Bei James Devil wäre mir nie die Idee gekommen, dass er Freunde haben könnte. Vor allem nicht meine Schwester.

Ich sah mir das Bild näher an. Eleonore hielt die Kamera und grinste breit. Beide standen ... hier? Ja, eindeutig. Tausende Bilder waren im Hintergrund zu erkennen. So eine Wohnung hatte nur sie. Noch verwunderlicher war allerdings, dass James lächelte. Er schien nicht annähernd so eiskalt und verkrampft, wie er sich mir gegenüber verhalten hatte. Im Gegenteil, er wirkte aufrichtig fröhlich. Wenn er also eigentlich ganz in Ordnung sein kann, wieso benahm er sich dann mir gegenüber so seltsam? Ich wusste es nicht. Eleonore und James waren Freunde. Und doch hatte er über sie geredet, als könnte er sie nicht leiden. Als wäre sie ihm egal. Nichts deutete darauf hin, dass James Lucifer Devilius Evil irgendwelche Gefühle haben konnte. Freunde waren bei ihm undenkbar.

Verwirrt schüttelte ich meinen Kopf. Dieser Typ machte mich noch wahnsinnig. Ich stand wieder auf und streifte Papierfetzen von meinen Knien. Ein paar Holzsplitter steckten in meinen Beinen, weshalb ich mich aufs Bett sinken ließ. Sehr schmerzhaft war es zwar nicht, aber damit konnte ich definitiv nicht wieder einschlafen. Ich lehnte mich nach hinten und tastete an der Wand nach dem Lichtschalter. Irgendwo hier war er sicherlich, so hatte ich es mir jedenfalls beim letzten Besuch gemerkt. Nach etlichen Versuchen ging das Licht endlich an. Vor Schreck kniff ich die Augen zusammen, es war einfach zu hell. Ich blinzelte. Als die Wohnung in Lampenlicht getaucht war, sah sie schlimmer aus als sonst. Schmutz, wohin man nur blickte. Doch aufzuräumen würde hier nichts bringen, das wusste ich. Also konzentrierte ich mich auf die Splitter. Einen nach dem anderen zog ich heraus, egal, wie stark es auch blutete. Mir war sowieso alles egal.

Nachdem ich damit fertig war, sah ich mich nach Pflastern um. Vermutlich hatte meine Schwester so etwas nie gehabt, die Wohnung war schließlich zu übersichtlich für jeglichen Kleinkram. Viel mehr konnte ich mir nicht parallel zu meiner Wohnung leisten, da ich noch ihre Schulden abbezahlen musste. Eleonore hatte einfach nie etwas von Geld verstanden. Manchmal hatte sie gewirkt, als käme sie nicht von dieser Welt. Genau dafür liebte und hasste ich sie. Sie war etwas ganz Besonderes gewesen.

Tag 29 – Adelsfamilien

Ein Klirren weckte mich. Ich war bis fast fünf Uhr nachts wachgeblieben, weshalb ich mich erst einmal nicht rührte. Dann klirrte es erneut laut und krachte auch. Müde drehte ich mich ein wenig hin und her, aber noch hatte ich keine Lust aufzustehen.

Ein Schlüssel wurde im Schloss umgedreht und eine Tür ging quietschend auf, nur um sofort wieder zuzuschlagen. Damit war ich endgültig wach. Na toll. Dabei war es bestimmt total früh. Also schlug ich meine Augen auf. Von der Helligkeit geblendet musste ich mich erst einmal zur Wand drehen. Irgendein Volltrottel hatte die Gardinen aufgerissen und etwas Glänzendes auf den Tisch gestellt. Wirklich, bescheuerter ging es nicht. Dann hielt ich in der Bewegung abrupt an. Wenn jemand die Gardinen geöffnet hatte, musste auch jemand im Raum gewesen sein. Jemand, der auch die Tür verschlossen hatte. Ich dachte angestrengt nach. Nur Eleonore und ich hatten Schlüssel. Niemand sonst. Aber nein, James hatte doch gestern die Tür geöffnet! Und dabei gab es nur einen Zweitschlüssel, den ich hatte. Sehr seltsam …

Mittlerweile hatte ich mich an die Lichtverhältnisse gewöhnt und versuchte, die Decke zur Seite zu ziehen. Die Bettdecke war ausgebreitet und auch zu gerade für meine Verhältnisse. Ich blickte nach rechts. Der Tisch stand mitten im Raum und war gedeckt. Auch die Bilder waren vom Boden aufgehoben worden. Viele hingen wieder an der Wand, die vollständig zerstörten waren nicht zu sehen. Ich drehte mich auf die linke Seite und stemmte mich hoch. Es war sicherlich schon spät und wer weiß, wie dieser gruselige Kerl Eleonores Wohnung herrichten würde, wenn ich weiterschliefe. Kopfschüttelnd lief ich durch den Raum. Alles war so ordentlich, so korrekt. Früher habe ich Ordnung auch geliebt. Und dieses Früher lag vier Tage zurück.

In Gedanken versunken blickte ich zur Wand hinüber. Ich betrachtete all die Bilder im gleißenden Tageslicht genauer. Sie wirkten, als hätte sie ein sorgloses kleines Kind gemalt. Wie Eleonore. Oder besser gesagt, wie Eleonore immer wirken wollte. Denn vieles erschien jetzt in einem anderen Licht als damals. In der letzten Nacht hatte ich offenbar ziemlich viele Fotos zerrissen und Rahmen zertrümmert, denn nicht einmal ein Drittel der Sammlung hing noch dort. Doch alles, was meinen Wutausbruch überlebt hatte, war an seinem angestammten Platz. James Devil hatte offenbar einen schrecklichen Charakter, aber ein sehr gutes Gedächtnis. Ich lachte kurz schadenfroh auf, schließlich war ausgerechnet er der einzige hier, der sich überhaupt um mich sorgte, auch wenn er nur Matsch auf dem Bürgersteig vermeiden wollte. Alle anderen waren überfordert oder auf mich wütend. Und ich konnte nichts Besseres machen als Lästern. Aber sagte sein Name nicht schon alles über ihn aus?

Kaum dass ich ein wenig über ihn nachgedacht hatte, fiel mir etwas auf. James Foto war fort. Offenbar wollte er diese Freundschaft geheim halten, warum auch immer. Aber auch egal. Mir war sowieso alles egal. Ich drehte mich um und ging zum Tisch hinüber. Mindestens fünfzehn Teller standen herum, auch wenn sie nicht einmal halb gefüllt waren. Da ich verdammt noch einmal riesengroßen Hunger hatte, ich hatte so zwei oder drei Tage lang nichts gegessen, setzte ich mich. Auch wenn es vergiftet sein könnte, aber mit leerem Magen konnte ich einfach nicht denken.

Alles war ordentlich und sortiert. Kein Plan, wieso da so viel Löffel herumlagen. Selbst das Brot war exakt viereckig. Ohne Kruste. Und Wurst und Käse in derselben Größe und Form. Selbst der Salat war in kleine Vierecke geschnitten worden, sowie gestapelt. Mir wurde schon fast übel vom Ansehen. Allerdings nur fast, denn sonst hätte ich nie fünf perfekte Brote und den gesamten Salat herunterbekommen, bevor James wieder hereinplatzte. Der Schlüssel wurde im Schloss gedreht und die Tür ging quietschend auf. „Ich nahm an, Sie würden sich noch ausruhen, Miss Angel", erklang eine eiskalte Stimme. Ich musste mich nicht einmal umdrehen, um diese Stimme zu erkennen.

„Und ich nahm an, Sie brächen nicht in fremde Wohnungen ein", entgegnete ich ihm.

„Nun, die Schlüssel meiner Wohnung funktionieren eben für alle Wohnungen auf der Etage."

„Ach wirklich? Und wodurch haben Sie das herausgefunden?"

„Eleonore neigte dazu, sich zu verirren. Es kam nicht selten vor, dass sie die falsche Tür aufschloss."

Ich lachte kurz auf. Das war so typisch für meine Schwester. Ihr Orientierungssinn führte überallhin, nur nicht in die richtige Richtung. Sie war der imperfekteste perfekte Mensch gewesen.

„Und weshalb ... all das Essen hier?", fragte ich nach.

„Sie sind sowieso schon zu dünn und es wäre nicht wünschenswert, wenn Sie verhungerten. Und in Ihrem Gemütszustand sollten Sie lieber nicht einkaufen gehen." Er kam auch mich zu und rückte die Teller wieder gerade. In seinem Tonfall schwang wie immer diese leichte Genervtheit mit.

„Erstens bin ich nicht dünn, ich wiege ganze achtundvierzig Kilo und zweitens geht es mir prima!" Ok, am Ende war ich ein wenig hysterisch geworden. Aber wirklich, was ich machte und was nicht, ging ihn wirklich nichts an. Dass Männer immer alles kommentieren mussten, war so nervig.

„Erstens ist das zu wenig und zweitens hört man das wirklich aus Ihrer Stimme heraus."

„Und wer sagt das? Ein neurotischer Volltrottel, der mich unerklärlicherweise nervt?"

„Wenn Sie das so sehen ... Ein Volltrottel bin ich allerdings nicht."

Nach kurzer Zeit unterbrach ich das Schweigen. „Ach seien Sie nicht so ein Spielverderber. Gibt's übrigens noch etwas zu trinken, Eure trottelige Hoheit?"

„Deshalb bin ich zurückgekommen", meinte er und reichte mir eine Flasche. Wasser. Wie eklig. Wein, Champagner, Bier oder sonst etwas konnte ich in dem Moment gut gebrauchen, nur kein Wasser.

„Das Zeug trinke ich nicht. Wie wäre es mit Wein?"

„Nein. Weder schmeckt Wein, noch ist er gesund. Und Wasser wird Ihren Durst im Nu verschwinden lassen."

Enttäuscht ließ ich mich nach hinten sinken. Wein wäre wirklich das Richtige gewesen, um meinen Kummer zu ertränken. Alles hinter einem Schleier aus Alkohol zu verstecken, wäre perfekt gewesen. Allerdings konnte ich auch noch einkaufen gehen ...

„Und ich werde auch nicht zulassen, dass Sie etwas Alkoholisches einkaufen. Sie sehen äußerst jung aus und Ihren Ausweis haben Sie sicherlich zuhause gelassen. Und wenn Sie es dennoch versuchen – ich werde beteuern, Sie seien nicht volljährig." Wirklich, ein verdammter Dreckskerl!

„Beleidigungen sind nicht vornehm, Miss Angel."

Da hatte ich wohl etwas zu laut gedacht. Mal wieder.

„Wer hat gesagt, dass ich vornehm sein will?",
antwortete ich ihm schnippisch. „Sie wollen vornehm
sein, aber mal ganz ehrlich, das ist einfach nur
hochnäsig um dumm. Schließlich sind Sie kein Lord
oder etwas Ähnliches."

„Nun, was Sie angeht, würde Ihnen ein paar Manieren
nicht schaden. Und leider irren Sie sich schon wieder.
Ich bin ein Lord. Für den Adel ziert sich ein solches
Benehmen, wie ich es an den Tag lege."

Lord? Lord James Devil? Das war nur wirklich
bescheuert. Doch es erklärte seine Überheblichkeit. Ein
Normalsterblicher würde niemals so plappern.

Ich betrachtete ihn genauer. James wirkte amüsiert,
doch nicht, als hätte er gelogen. Aber bei so jemandem
wusste man nie ... „Der Adel haust normalerweise
nicht in solchen Bruchbuden."

„Nein, das ist nicht üblich. Allerdings bin ich nicht
dazu geeignet, der Öffentlichkeit präsentiert zu
werden. Duke Evil ist der Ansicht, ich sei nicht
gewissenlos genug."

„Nicht gewissenlos genug? Ist das ein Scherz?"

„Durchaus nicht, Miss. Ich beliebe nicht zu scherzen."

„Also das glaube ich gerne ..."

Duke Evil sagte mir zwar etwas, aber ich kam nicht
drauf. Außerdem waren Unterhaltungen mit James
immer absolut frustrierend. Für solche Infos lohnte sich
der Stress nicht.

Ich lehnte mich zurück und dachte kurz nach. Was gab
es, das ich diesen abweisenden Typen fragen konnte?

„Waren Sie wirklich mit Eleonore befreundet?"

Tag 28

„And when the world would broke
Today or tomorrow
I wouldn´t go
Forever.
I´m
standing here
And I will wait.
You have left me
But I know you will come back."

Freundschaft. Ein wichtiges Wort, das dennoch für jeden eine eigene Bedeutung hat. Für manche nur ein Zeitvertrieb, für andere ein ewiges Bündnis.

Ich hatte nie echte Freunde außer Eleonore gehabt. Ja, die anderen Sekretärinnen nannten mich ihre Freundin, aber nur, weil sie es sich nicht mit ihrer indirekten Chefin verscherzen wollten. Auch wenn ich als Frau keine Firma übernehmen konnte und meinen Erbteil erst mit dreiundzwanzig ausgezahlt bekommen würde, so konnte ich doch mitbestimmen, wer bleiben durfte und wer nicht. Anders hatte ich einfach nie Freunde gefunden. Eleonore hingegen war früher sehr beliebt gewesen. Wirklich beliebt. Das hatte sich, als wir erwachsen geworden waren, rapide geändert. Wenn als Kind nur Heiterkeit und Liebeswürdigkeit zählte, so war es als Erwachsene nur Geld. Und das hatte sie nicht gehabt. Ja, sie war enterbt worden. Hochverschuldet, hatte keine Lust zu arbeiten und ohne einen Penny in der Tasche. Und nur die Freundschaft von uns beiden hatte das überlebt. Nun war ich allein. Ganz allein.

Tag 28 – Verwechslungen

Wütend stampfte ich auf den Boden und war kurz davor, etwas zu zerstören. *Das tut nichts zur Sache.* Dieser verdammte Mistkerl! Wie konnte er nur so etwas sagen? Hatte Eleonore etwa gar keine Bedeutung? Ich schlug auf den Tisch, der jedoch nur kurz erbebte. Alles, das man kaputtschlagen konnte, hatte ich schon zerstört. *Das tut nichts zur Sache.* Verdammt, dein verfluchtes Leben tut nichts zur Sache, James! Wieso konnte dieser Idiot nicht einfach normal sein? Nein, er hatte einfach nur diese fünf Worte von sich gegeben und war verschwunden, als wäre ihm alles egal. Voller Wut trat ich gegen die Tür, dessen Schloss nachgab. In dieser Bruchbude war nichts intakt, bei den billigen Mieten wäre ein nicht zerlöcherter Türrahmen auch Luxus. Die Tür selbst war zwar ein Stück stabiler, aber auch so konnte ich dutzende Dellen erkennen. Da ich nun nicht mehr hinter Schloss und Riegel war, ging ich hinaus. Die Holzsplitter unter meinen Füßen knirschten und am liebsten hätte ich James Tür aufgetreten, um ihm eine runterzuhauen. Doch ich ließ es, denn mein größter Wunsch war es, hier wegzukommen. Ich packte meinen Mantel und dann lief ich in Windeseile zur Treppe und hinunter. Weg von diesem schrecklichen Ort. Weg von Erinnerungen, die mich in die Weißglut trieben. Weg von Eleonore, die nicht mehr hier war.

Kaum unten angekommen, stieß ich die Haustür auf. Verhältnismäßig frische Großstadtluft strömte mir entgegen. Der Himmel war wolkenverhangen, dennoch genoss ich die paar Strahlen Sonnenlicht. Alles war besser, als an etwas denken zu müssen. Ich hasste diese Leere in mir, aber ich liebte sie auch. Sie war das Letzte, an das ich mich festklammern konnte. Das einzige, auf das ich mich verlassen konnte. Das Schlimmste, das ich jemals gespürt hatte. Und dennoch das Beste.

Schnee knirschte unter meinen Schuhen, als ich ein paar Schritte nach vorne ging. Ich hatte vorher gar nicht mitbekommen, dass es geschneit hatte. Diese wunderschönen gefrorenen Tränen des Himmels. Der Himmel hatte geweint, um ein Lächeln aufs Gesicht der Menschen zu zaubern. Doch diese traten nur auf die einzigartigen und doch so vielzähligen Tränen des Himmels, bis sie traurig und allein im Boden versickerten, um wie ich in einer endlosen Leere zu landen. Tränen rannen mir wieder über das Gesicht. Das, was ich hoffnungslos auszublenden versuchte, kam wieder zu mir zurück. Ich kannte keinen Grund für diesen Schmerz. Niemanden hatte es geschmerzt, dass sie fort war. In ihren Augen spiegelte sich nur Genervtheit, Unentschlossenheit und Ekel wieder. Und immer diese Worte, als wäre ich ein kleines Kind. Als hätte man mir ein Spielzeug weggenommen und versuchte mich, von einem anderen zu überzeugen. Aber Eleonore war kein Spielzeug! Sie war meine Schwester, verdammt nochmal! Und ich liebte sie.

Plötzlich kam ein Mann auf mich zu. „Elisabeth Angel?", fragte er mit zitternder Stimme. Ich drehte mich um. Verwirrung machte sich in mir breit. Wer war dieser Fremde bloß? Woher kannte er mich?

„Ja", antwortete ich ihm zögerlich. Er fing an zu lächeln. Irgendwie war das ein wenig unheimlich ...

„Hat Gott also meine Gebete erhört! Trewlanceys Engel ist wiedergeboren! Gepriesen sei der Herr!", schrie der Mann überglücklich. In eiskalter Schauer fuhr mir über den Rücken und tausende Fragen bildeten sich in meinem Kopf. Alles wirkte so surreal, doch es war wahr. Ich stand mit einem Verrückten auf der Straße, der mich für einen Engel hielt. Wirklich ... gestört.

Er drehte sich um und brüllte weiter. Was genau, bekam ich nicht mit, denn in diesem Moment riss mich James Devil zurück ins Haus.

Ich hielt meinen Arm fest, während ich ihn bitterböse anfunkelte. „Es ist nicht die feine Art, jemandem den Arm zu brechen", meinte ich pikiert. Gebrochen war zwar nur mein Ego, aber das klebte gerade sowieso an meinen Schuhsohlen, weshalb ich ihm nicht so wütend war, wie ich es hätte sein können.

„Höchstens verstaucht, sonst könnten Sie ihre Finger nicht so gut bewegen", antwortete er mir. Was dachte er sich bloß? War ihm etwa alles, was andere dachten oder fühlten, egal? Lord James Devil, der alte Angeber und gewissenlose Mensch. Sein Vater wäre sicher so stolz auf ihn, wenn er ihn jetzt hören könnte.

„Na und? Sie verdammter Mistkerl, das tat weh!"

„Es hätte mehr wehgetan, wenn Sie den Leuten von Trewlancey zugehört hätten Glauben Sie mir, es war das Beste." Das Beste. Alle wollten immer nur das Beste. Aber mich interessierte es nicht, was sie für das Beste hielten! Ich war kein Kind mehr!

„Ach ja? Wissen Sie, was noch mehr wehtut? Das!", schrie ich und trat ihn mit ganzer Kraft gegen das Schienbein. Das war nicht sehr erwachsen, wirkte aber.

Offenbar hatte er es nicht erwartet, denn er zuckte zusammen und torkelte nach hinten.

„Ich will wissen, was es sich mit diesem ... diesem ganzen Zeug auf sich hat, sonst gehe ich da raus, rede mit dem Kerl und sage ihm, dass Sie mich verprügelt haben." Etwas Besseres fiel mir nicht wirklich ein.

„Die Leute ... halten Sie für einen Engel. Für einen echten Engel. Eleonore haben sie auch für einen gehalten." Ich stand mit offenem Mund da und konnte es nicht fassen. Was hatte er sich da spontan erlogen?

„Und Sie glauben, dass ich Ihnen dieses Lügenmärchen abkaufe? Niemals! Das ist doch vollkommener Stuss!"

„Glauben Sie es oder glauben Sie es nicht. Mir ist das egal. Ihnen kann man sowieso nichts erklären." Fast schon grimmig drehte er sich weg und ging auf die Treppe zu. Gedanken ratterten durch meinen Kopf. Konnte das wirklich alles wahr sein? War so etwas überhaupt möglich? Schwindeleien wären typisch für meine Schwester. Und wenn ich ihn jetzt abwimmelte, würde ich gar nichts erfahren.

Noch bevor er auf der ersten Treppenstufe stand, fragte ich ihn, ob es wirklich wahr sei.

„Ich lüge niemals", antwortete James mir mit einem überheblichen Unterton.

„Dann erklären Sie das Ganze."

„Es ist eine lange Geschichte."

„Ich habe alle Zeit der Welt."

„Ich nicht. Ich muss putzen."

„Das dauert fünf Minuten."

„So wie es bei Ihnen aussieht, sicherlich."

„Was soll das schon wieder ... Hey, wo latschen Sie nun wieder hin?" Doch James war schon nach oben gegangen. Einfach mitten in meinem Satz. Und natürlich in einem Tempo, das einen Flugzeug gleichkam. Na gut, vielleicht war ich auch ein wenig langsam. Aber das war auch seine Schuld.

Schwer atmend kam ich auf der neunten Etage an. Mein Herz hämmerte bis zum Hals und obwohl ich mich beeilt habe, schloss James schon gerade die Wohnung hinter sich ab.

„Hey! Warte mal kurz! Was hat es damit auf sich?"

„Es wird Sie nur in Rage versetzen."

„Ach papperlapapp. Außerdem sollten Sie sich diese nervigen Worte mal lassen, so redet doch kein Mittzwanziger. Und nun heraus damit."

„Sie werden es nicht verstehen, Miss. Es ist besser, Sie ignorieren alles und kehren in wenigen Tagen nach Newcastle zurück. Trewlancey ist nichts für Sie." Mit diesen Worten schlug er mir die Tür vor der Nase zu.

Und wieder stand ich alleine da. Ganz allein, irgendwo im nirgendwo. Jedes Wort war vergebens. Nur die endlose Leere hielt zu mir.

Tag 27

Just – how easy to say.

Just - but is it the right way?

Just - now?

Just - and how?

Just - it always seems as a solution.

Just - but when you do, there are too many hidden emotions.

Einfach nur tun. Am liebsten hätte ich so vieles getan. Ich hätte meinem Vater die Meinung gegeigt, das Erbe einfach sein lassen, wäre Erzieherin geworden, wie ich es immer werden wollte und hätte Eleonore nicht durch die riesige Kluft, die zwischen uns entstanden war, verloren.

Doch ich konnte nie alles ‚einfach tun'. Immer war ich vernünftig gewesen. Immer war ich so brav gewesen. Nur jetzt, nachdem Eleonore fort war, wurde ich wie sie. Viel zu spät. So wie immer.

Ich konnte nur versagen, verlieren und aufgeben. Ich würde niemals etwas Besonderes sein, nur ein Versager.

Tag 27 – Sara

Mit einem von Tränen durchnässten Kopfkissen und einer immer noch offen stehenden Wohnungstür wachte ich auf. Der Nachmittag und Abend waren schrecklich gewesen und letztendlich musste ich mich in den Schlaf weinen. Ein weiterer schrecklicher Tag war angebrochen und etliche ähnliche würden folgen. Es war einfach wie verflucht. Ich versuchte, mich umzudrehen und fiel prompt auf den Fußboden. Na toll. So ungeschickt konnte echt nur ich sein. Doch ich rappelte mich hoch und setzte mich aufrecht hin. Etwas anderes als das Sofa gab es hier zwar nicht zum Sitzen, aber mehr war auch nicht nötig. Und von gestern war noch eine große Portion Essen übrig, James hatte mich offensichtlich nicht schon wieder unauffällig besucht. Schnell nahm ich ein Stück Brot und packte ein Stück Butter und fünf Scheiben Wurst drauf. Zusammenquetschen und in den Mund, so und nicht anders mochte ich mein Frühstück. Und das reichte.

Da ich ihm nicht über den Weg laufen wollte, stand ich auf und schnappte mir meinen Mantel, bevor ich aus der Wohnung ging. Das kaputte Türschloss hatte seinen Vorteil, denn ich musste den Schlüssel nicht herausholen. Innerhalb von Minuten war ich unten.

Ich sog scharf die Luft ein. Ein kühler Wintermorgen war das Beste, um mein hitziges Gemüt zu beruhigen. Zwar schneite es gerade nicht, dennoch war es entspannend. Mein Kopf war in letzter Zeit so durchgewirbelt worden, dass ich einfach nur die kühle Morgenluft genießen wollte.

Langsam lief ich die Straße hinunter, vorbei an dutzenden heruntergekommenen Hochhäusern und kleinen Läden mit meist zerbrochenen winzigen Fenstern. Trewlancey war schon immer so gewesen. Der ‚Abschaum der Gesellschaft', wie man es in höheren Kreisen nannte, hauste hier. Es gab hier fast so viele Arbeitslose wie in ganz Südengland. Sonst würde auch niemand in diese Barracken ziehen, in denen es von gefährlichen Leuten und tausenden Krankheiten nur so wimmelte. Selten überlebte jemand zwanzig Jahre hier. Entweder sie gingen weg, oder zu Grunde.

Ich blieb stehen und betrachtete mich in einem halbzersplitterten Schaufenster. Meine Haare waren einziges Vogelnest und die Schminke lief mir in Schlieren über das Gesicht, sodass ich sie abwischen musste. Ich sah schon fast aus wie Eleonore.

Eleonore ... Auch wenn ich sie aus meinem Kopf zu verdrängen versuchte, so ging es nicht. Alles erinnerte mich an sie. Trewlancey war ihr Zuhause gewesen. Es passte zu ihr. Nur ich war hier am falschen Ort.

„Ich ... Ich kann es nicht glauben! Sie sind es! Sie sind es wirklich! Der Engel von Trewlancey ist zurück! Ich habe Sie so vermisst!" Eine Fremde kam auf mich zu und nahm mich in den Arm. Vollkommen schockiert blieb ich stehen. Wer war diese Frau? Woher zur Hölle kannte sie mich oder eben meine Zwillingsschwester? Was hatte Eleonore bloß angestellt? Es gab absolut nichts, dass mir daran vernünftig und logisch vorkam.

Plötzlich begann sie zu weinen und legte ihren Kopf auf meine Schulter. Ihre Arme waren eng um meine Schultern geschlungen, sodass ich ein wenig panisch durch die Gegend blickte und die Fluchtmöglichkeiten checkte. Sie drehte den Kopf und nun hingen mir noch massenhaft Haare im Mund, die ich nicht ausspucken konnte. Diese Frau konnte wirklich eine gute Entführerin werden, so wie sie mich gerade knebelte.

„Miss ...", nuschelte ich trotz dem Haargemisch in meinem Mund.

„Nallen. Sara Nallen. Elfter Stock", meinte sie und ließ ein wenig locker. Endlich.

„Miss Nallen, ich glaube nicht ...", fing ich an, wurde jedoch unterbrochen. *Dass ich Ihnen helfen kann*, fügte ich in Gedanken hinzu.

„Bitte! Ich weiß, ich war in letzter Zeit nicht sehr gläubig, aber ich vertraue Ihrer Hilfe komplett! Bitte helfen Sie mir! Ich kann einfach nicht mehr! Alles ..." Sie schluchzte laut auf und ihr Kopf fiel wieder auf meine Schulter. Sie schien so verzweifelt und hilflos, dass sich mein Herz zusammenzog. Noch nie hatte jemand so sehr in mich vertraut. Die nächste Entscheidung traf ich einfach aus dem Nichts heraus. Auch wenn es sicherlich falsch war, so fühlte es sich richtig an. Es war die einzige Möglichkeit.

„Ich helfe Ihnen."

„Danke!"

„Erzählen Sie. Was ist los?"

Sie schniefte noch lauter, ließ mich jedoch endgültig los. „Also ... Ich habe eine Arbeit, aber nur in Probezeit. Aber bald, da habe ich keine mehr. Und Jason ist krank. Lilly und Laureen sind so klein. Und ich muss arbeiten. Catherine hat doch einen gebrochenen Arm. Ich habe keinen Job mehr! Dabei sind schon in einer Woche Betriebsferien! Mein armer Jason, es geht ihm so schlecht. Alles ist so schrecklich!", brachte sie ohne eine einzige Pause hervor. Ich verstand absolut nichts. Allein die vielen Namen waren frustrierend.

„Ganz ruhig. Also, was hat es mit der Arbeit auf sich?"

„Ich arbeite bei Mister Lerons. Doch ich habe keinen Urlaub mehr. In einer Woche sind Betriebsferien, aber wenn ich morgen nicht auf der Arbeit bin, werde ich gefeuert. Und wenn ich gefeuert werde, kann ich mir die Wohnung nicht leisten. Und dabei ist Jason so krank! Er ist noch so jung! Aber ich darf nicht fehlen! Ich muss mich um ihn kümmern! Ich kann nicht arbeiten, aber ich muss doch! Was soll ich bloß tun? Wieso ist alles nur so schrecklich?"

Sie schluchzte lauter und lauter. Ich wusste nicht annähernd, was ich sagen sollte. So etwas wie ‚alles wird gut' oder ‚das tut mir so leid' war einfach nur dämlich. Und heitere Sprüche waren nur unpassend. Ich hatte einfach keine Worte parat. Noch nie war mir die Auswahl eines Satzes so schwergefallen.

„Und wer ist Jason? Oder Lilly, Laureen und Catherine?" Ich hatte viele Fragen.

„Meine Kinder. Meine süßen, kleinen Kinder. Ich will sie einfach nicht verlieren! Ich darf sie nicht verlieren! Ich muss mich um sie kümmern! Sie sind doch meine kleinen Kinder!" Tränen sammelten sich in meinen Augen. Ich musste ihr helfen! Und ich würde es auch tun, koste es, was es wolle.

Tag 27 – Gemeinheiten

Mit festem Schritt ging ich über die Straße. Die letzten Stunden hatte ich absolut keine Zeit für meine Trauer gehabt. Sara Nallen und ihre Kinder hatten mich zu sehr auf Trab gehalten. Sie hatte wirklich süße Kinder. Sie waren brav, respektvoll und fröhlich, trotz all ihrer Probleme. Jason war wirklich krank. Weshalb sie nicht für einige Tage frei bekam, war unerklärlich. Auch ihre Wohnung war zu klein für ihre große Familie. Sie wohnte drei Stockwerke über mir und ihre Wohnung ähnelte stark der meinen. Für Eleonore hatte es noch gereicht, aber für die Familie definitiv zu klein.

Nun war ich auf dem Weg zu ihrem Chef. Mister Lerons schien mir ein reicher Mensch zu sein. Dennoch hatte ich den Namen nie gehört, also gehörte er nicht zur besten Gesellschaft. Mein Vater hatte sie alle gekannt und wenn er ein guter Geschäftsmann wäre, so hätte ich ihn kennengelernt. Jetzt stand ich vor dem Haus. Ein normales Einfamilienhaus ohne viel Drumherum. Doch inmitten all dieser Hochhäuser wirkte es beinahe majestätisch. Dennoch wurde auch hier an allen Ecken und Enden gespart.

Ich klopfte. Hoffentlich musste ich nicht lange warten. Diesem Kerl würde ich die Meinung geigen und vielleicht auch die Fresse polieren. Mit mir und meinen Bekannten durfte sich schließlich niemand anlegen.

Die Tür wurde geöffnet und ein älterer, verkniffen Mann trat heraus. „Guten Tag. Wer sind Sie?"

„Jemand, der Sie an Geld und Verstand sicherlich übertrifft."

„Und was wollen Sie hier?" Mittlerweile war sein Ton ins Garstige abgerutscht. Offenbar bildete er sich ein, etwas Besseres zu sein. Von wegen. Ein Anruf bei einem meiner Bekannten reichte, und schon könnte er selbst ein Leben in Armut kennenlernen. Hach, manchmal war meine Abstammung schon eine Absicherung, auch wenn ich sie selten nutzte.

„Wir werden hier über einen ihrer Angestellten reden. Miss Nallen. Wie ich hörte, zogen Sie in Erwägung, ihre Stelle anderweitig zu vergeben."

Diese hochgestochene Sprache lag mir zwar nicht und es jagte mir einen Schauer über den Rücken, so zu reden, doch es war nötig. Niemand würde mich ernst nehmen, wenn ich mit ‚Ich würde ja gerne über Miss Nallen plaudern' angefangen hätte. Auch wenn mir eine Begrüßung mit der Faust eigentlich das Passendste gewesen wäre. „Ja, dies ist durchaus der Fall. Sie ist äußerst unzuverlässig und erbittet freie Tage, auch wenn sie erst in der Probezeit ist."

„Wie ich hörte, endet die Probezeit bald. Und nächste Woche seien schon die Betriebsferien, erzählte man mir. Weshalb gedenken Sie zu kündigen, Mister Lerons?" Ich stand aufrecht da und sah von oben auf ihn hinab. Ich hätte darauf gewettet, dass er ein Schwächling war. Solche Menschen waren beinahe unter meiner Würde. Eigentlich nicht nur beinahe.

„Sie fehlte gestern und erschien heute auch nicht. Damit ist alles geklärt. Den letzten Monat Lohn wird sie auch nicht erhalten, solche faulen Leute sind eine reine Geldverschwendung. Sie werden mir sicher zustimmen, Miss, wenn ich sage, dass diese unzuverlässigen Bettler ohne vernünftige Abstammung nichts auf dieser Welt verloren haben. Schmarotzen sich durchs Leben und erwarten von jedem milde Gaben. Vermutlich stehlen sie auch ihr Essen und ihre Kleidung aus dem Müll und geben ihr Geld für Drogen und sowas aus, diese dreckigen Halunken. Aber nicht mit mir!" Am Ende war er in eine Art Brüllen gewechselt und schlug gegen die Tür. Seine Augen funkelten bitterböse. So ein Hass auf einen Menschen, der ihm nie etwas getan hatte, war unmöglich.

Ich musste mich sehr zusammenreißen, um ihn nicht anzuschreien. Sara war ein ehrenwerter Mensch, davon war ich überzeugt. Und auch wenn ich nicht wusste, wofür und weshalb sie ihr Geld ausgab, so hätte ich ihr niemals das unterstellt. Und noch diese Verallgemeinerung ... Verdammt, sie war ein echter Mensch und nicht ein Kiesel in einem Kieselweg! Und was hatte eine verfluchte Abstammung mit dem Charakter zu tun? War ein Kind eines Milliardärs von Geburt an mehr wert als ein Kind eines Arbeitslosen? War die Verwandtschaft das, was uns ausmachte? Nein! Verdammt nochmal, nein, nein, nein! Es gab keinen Menschen, der mehr wert war als ein anderer! Und genau das erklärte ich ihm mit klaren Worten, auch wenn ich meinen Zorn immens zügeln musste.

„Mister Lerons, ich bin nicht ihrer äußerst kindischen Meinung. Sollten Sie tatsächlich dieser Auffassung sein, müssen Sie auch verstehen, dass ich Sie als mickrigen Geschäftsmann nicht respektieren kann. Rancester sollte Ihnen ein Begriff sein. Rancester Companies. Und ich habe einen nicht kleinen Einfluss dort, wie ich gerne zugebe. Und sollten Sie weiterhin in meiner Gegenwart diese Interessen vertreten und nicht zu Kompromissen bereit sein, so müsste ich meinen Bekannten leider davon abraten, in Sie zu investieren. Ihre Aktien würden fallen und viele Abnehmer ihrer Produkte müssten leider den Kontakt zu Ihnen einstellen, um nicht durch Ihren baldig sehr schlechten

Ruf geschädigt zu werden. Das wäre zwar äußerst bedauerlich, aber unumgänglich. Finden Sie nun nicht, dass Sie lieber meiner Meinung sind und meine Meinung auch gerne zu Herzen nehmen?"

Entsetzt starrte er mich an, während ich siegesgewiss lächelte. Er hatte sich mir gegenüber verhalten wie ich ihm. Es geschah ihm recht. Und ich zweifelte auch keinen Moment daran, meine Drohung wahr werden zu lassen. Es wäre mir ein Vergnügen.

„Dies könnte durchaus der Fall werden, wenn Sie mir Ihre Meinung über Miss Nallen ein wenig erläutern."

Seine Sätze trieften nur so von Unverständnis für Menschen, die nicht seine verfluchte Meinung teilten. Dennoch musste er wohl oder übel mit mir kooperieren; ich konnte eben sehr überzeugend sein. Wie ein Engel hatte ich mich zwar gerade nicht verhalten, aber dafür wie eine erfolgreiche Geschäftsfrau, die sich nicht kommandieren ließ.

„Ich bin der Meinung, dass Sie ihr bis zu den Betriebsferien frei geben sollten, damit sie sich um ihren kranken Sohn kümmern kann, Es wäre in jedem Fall ihre letzte Probewoche geworden, weshalb also nicht diese kleine Nachgiebigkeit? Zudem sollten Sie ihr für diese Woche kein Gehalt abziehen. Mit einer Festanstellung nach der Probezeit rechnen wir beide, nicht wahr?"

Ich grinste und ohne seine Antwort abzuwarten, ging ich schon heraus. Hoffen und warten, das war alles, was ich tun konnte. Dennoch hatte ich zum ersten Mal in meinem Leben das Gefühl, etwas erreichen zu können. Ob gut oder schlecht, ich hatte mein Bestes getan. Und genau das war verdammt wunderbar!

Tag 26

Don't let me die for
what I did fight for.
Don't let my loose
what I did choose.
Don't let me forget
what was the best.
Don't — just don't
and I won't.

Immer schien es, als hätte ich einen Vertrag mit dem Leben gemacht - Reichtum, einen guten Job, wohlhabende Freunde, ein Haus und eine überglückliche Schwester gegen meine Seele.

Es war ein faires Geschäft gewesen — ich brauchte sonst nichts. Doch nun wurde dieser Vertrag gebrochen. Meine Schwester war fort. Ich wurde gekündigt. Meine Freunde kannten nur noch Unverständnis. Mein ‚Haus' war derzeit ein Zimmer in einer heruntergekommenen Bruchbude. Einzig und allein dieser nichtsnutzige Reichtum war mir geblieben. Dennoch hatte ich schon fast zwei dutzend Jahre vergeudet. Alles sollte perfekt werden und manchmal hatte es auch so gewirkt, doch es war alles vergebens. All die Jahre, die ich der verdammten Perfektion gewidmet hatte, weil jeder sie für unumgänglich hielt, waren vergeudet. Ich wollte doch nur, dass alle um mich herum glücklich sind! Verflucht, wieso musste man mir alles nehmen, das mir früher etwas bedeutete?

Tag 26 – Unterhaltungen

Ich saß in meiner Wohnung und weinte. Alles war umsonst. Mein Leben war ein Trümmerhaufen. Ich hatte verloren. Alles verloren.

Voller Wut knüllte ich die Briefe zusammen und warf sie gegen die Wand. Verdammte, kleine Zettel mit ein wenig Tinte, die einem am Abgrund der Boden unter den Füßen wegreißen konnten. Nicht mehr und nicht weniger. Und doch bekamen sie so viel Bedeutung.

„Geht es Ihnen gut, Miss Angel?", fragte jemand vor der Tür, die nur angelehnt war. Allein vom monotonen Tonfall her, konnte ich erraten, wer es war.

„Wie immer, Mister Devil, wie immer."

„Also äußerst grauenhaft." Ich grinste, obwohl ich immer noch weinte. Grauenhaft traf es genau.

„In der Tat."

„Gab es schlechte Post?"

„Was ist schon gut oder schlecht in dieser Welt? Was des einen Freud ist des anderen Leid. Wenn einer durch Unglück zu Fall gebracht wird, wird ein anderer dadurch erfreut. Gut und schlecht gibt es nicht. Am Ende fallen sowieso alle ins Nichts."

„Sehr philosophisch."

Dann lange nur noch Schweigen. Ich sagte nichts und er auch nicht. Worte lagen ihm offenbar nicht.

„Kommen Sie ruhig herein, Sie kennen die Wohnung sowieso. Die Tür ist offen."

„Vielen Dank, Miss." James kam hinein und ließ sich auf den Stuhl neben mir sinken. Sein Blick schweifte unsicher durch den Raum, als wüsste er nicht, wohin er schauen konnte. Ein seltsamer Kauz.

„Wie alt sind Sie eigentlich?"

Entsetzt starrte er mich an. „Wie bitte?"

„Na Ihr Alter eben."

„Weshalb sollte ich es Ihnen gegenüber preisgeben?"

„Naja, wenn Sie älter sind, müssen Sie mir das Du anbieten, wenn ich älter, kann es ich ruhig tun und Sie auch duzen. Jedenfalls nach Art des neunzehntens Jahrhunderts oder wo auch immer Sie herkommen."

Er lachte auf. Es klang ein wenig trist, doch nicht gemein, wie bei so vielen. Irgendetwas war an seiner Art, das zwar abweisend aber doch echt wirkte. Und wenn ich eins mehr schätzte als Humor, dann war was es Ehrlichkeit.

„Zweiundzwanzig. Zweiter Oktober 1988. Und Sie?"

„In wenigen Tagen dreiundzwanzig. Zwölfter Dezember 1987. Also, wie wär's mit dem Du?"

Einige Sekunden lang betrachtete er die Wand und ich dachte schon, er würde einfach gehen. Doch alleine zu sein, war das Letzte, was ich wollte. Beinahe bereute ich die Frage schon, dann reagierte er jedoch. „Also gut, Elisabeth. Was hattest du heute zu erledigen?"

„Du meinst gestern?"

„Natürlich. Ich entschuldige mich vielmals für die Unannehmlichkeiten aufgrund der Falschaussage innerhalb meiner Worte." Innerlich schüttelte ich den Kopf über so seltsame Worte. Mit etwas Mühe konnte ich es zwar auch verstehen, aber solch eine Sprache war nicht normal für sein Alter in der Freizeit.

„Kein Problem. Jeder plappert mal das Falsche."

„Plappert?" Er runzelte die Stirn.

„Ja. Synonym für reden."

„Nie gehört. Offenbar nicht geeignet für gesittete Unterhaltungen."

„Na ich bin gesittet und du ... definitiv auch. Also ist geeignet. Plappern, Plaudern, faseln, alles nette Wörtchen für ein und dasselbe."

„Nun denn, ich nutze dennoch lieber mein gewohntes Vokabular." Er war wirklich stur!

„Wie der Lord zu reden beliebt ..." Ich seufzte.

„Genau. Also, zurück zur ursprünglich Fragestellung, was hattest du gestern zu erledigen?"

„Ich habe eine Nachbarin aus den elften Stock kennengelernt, ihren Boss eingeschüchtert und habe Post erhalten."

„Da unsere Nachbarn mich allesamt nicht sonderlich gut leiden können und wir über Arbeitgeber sicherlich getrennter Meinungen sind, würde ich gerne auf den Punkt mit der Post eingehen."

„Ok. Ich bin jetzt arbeitslos, habe keine Freunde mehr, und ich soll vielen Menschen mein unverständliches Verhalten erklären, wenn ich zurückkomme, weshalb ich dieser Bruchbude hier nicht entkomme. Aber ansonsten nichts Besonderes."

„Also alles in allem ganz passabel. Ich komme auch seit Jahren damit aus."

„Wenn du es so zu sehen beliebst ..." Ich grinste wieder. Auf irgendeine Weise heiterten mich diese traurigen Gespräche mit James auf. Ich konnte nicht erklären, wieso bei ihm dieselben Worte nicht so wirkten wie bei anderen.

„Erzähl mal, was hat es mit deiner schrägen Familie auf sich? Da gibt es doch bestimmt viel zu erzählen."

„Es ist kompliziert. Zu kompliziert, als dass es dich interessieren könnte." Er verspannte sich wieder.

„Heißt das, ich bin dumm?"

„Durchaus nicht. Niemals würde ich dir das Fehlen eines intellektuellen Standards unterstellen."

„Heißt das, ich bin ordinär?"

„Durchaus nicht. Niemals ..."

„Ok, ich hab's kapiert", unterbrach ich ihn. „Also weshalb erzählst du mir nichts über dich und deine Familie? Geheimnisvoller geht es gar nicht!"

„Ich erzähle es niemanden."

„Dann machen wir einen Deal. Ich erzähle etwas, du auch. So sind wir quitt. Deal?"

„Was ist ein Deal?"

„Eine Vereinbarung. Also, Deal?"

„Deal." Er sprach das Wort mit Ekel aus, als wäre es ein Schimpfwort. Er wirkte wie ein verschrobener alter Opa, der zum ersten Mal mit einem Jugendlichen sprechen musste. Es war wirklich seltsam.

„Meine Eltern waren nur Geschäftsleute. Henry Rancester und Harriet Angel. Rancester wie Rancester Companies. Arm war mein Vater definitiv nicht. Nett auch nicht. Er heiratete nur, um einen Erben zu bekommen. Fehlanzeige — es gab leider nur zwei Töchter, die er lange Zeit geheim hielt, bis ihm klar wurde, dass er niemals einen Jungen bekommen würde. Meine Mutter hatte auf den Nachnamen bestanden, da sie nicht wusste, ob die Scheinehe halten würde. Da konnte auch das gute Gehalt nicht gegenwirken. Mami war ein wunderbarer Mensch, nein, sie ist einer. Nur weiß sie öfters nicht, wer ich bin. Sie lebt bei Tante Scarlett, die noch alle Tassen beisammen hat. Einen intakten Verstand inklusive Herz hat bei uns niemand. Vater war sehr zielorientiert, weshalb wir beide früh Geschäftssinn entwickeln sollten. Eleonore wollte aber keine Geschäftsfrau werden, sondern Schriftstellerin. Mindestens zwanzig Werke hatte sie im alleine ohne Verlag herausgebracht. Schulden über Schulden. Und mit siebzehn wurde sie enterbt."

Ich stockte kurz, bevor ich weitererzählte. „Dann zog sie hier ein. Ohne Geld und ohne Job. Ich schickte ihr ab und zu etwas, aber bloß nicht zu viel, damit es nicht auffällig wurde. Vater hatte sie gehasst. Er hatte sie aus tiefstem Herzen gehasst. Und ich wurde Sekretärin in seinem Betrieb und im Geheimen auch die Besitzerin. Er starb vor einem halben Jahr, nicht sehr zu bedauern. Mitte des Monats, an meinem Geburtstag, erhalte ich offiziell mein Erbe, wie es vorgesehen war. Bis dahin sollte niemand etwas vom Erbe wissen, da er es auch nachträglich als Demütigung empfinden würde, eine Frau als Erbin zu haben. Aber das ist nun auch wieder unwichtig. Meine Familiengeschichte ist kurz und langweilig. Und nun zu deiner. Als Lord hast du da sicherlich mehr zu berichten."

Erwartend blickte ich ihn an. James Lucifer Devilius Evils Geheimnis würde gleich gelüftet werden.

„Nun denn, ..."

Tag 26 – Familien

Nun denn, viel gibt es auch bei mir nicht zu erzählen. Bis auf ein paar Angewohnheiten ist meine Familie weitestgehend normal. Herr Vater, Duke Devilius Evil, ist alles in allem recht passabel. Er ist ein sehr beschäftigter Mann, verwies mich vor einigen Jahren der Familie und ist Vater von sieben Kindern."

„Sieben Kinder?" Ich war erstaunt. Mit einer Schwester gab es schon genug Aufruhr. Ich konnte mir gar nicht vorstellen, was gewesen wäre, wenn sieben Kinder meinen Eltern auf die Nerven gegangen wären.

„Ja. Zwei Brüder und vier Schwester. Meine Schwestern habe ich nie getroffen."

„Wieso nicht?"

„Herr Vater war die Anwesenheit von kleinen Mädchen nie genehm. Frauen seien sowieso nicht auf seinem Niveau."

Mir klappte die Kinnlade hinunter. Frauen sollen nicht auf seinem Niveau sein? So wie dieser Duke Evil zu reden schien, hätte ich ihm am liebsten eine runtergehauen. Doch James schien so etwas als gewöhnlich zu empfinden. Keine Regung war in seinem Gesicht zu erkennen und er sprach es aus, als wäre es selbstverständlich.

„Du bist allerdings nicht dieser Meinung, nicht wahr?", zischte ich fragend. Ich zog meinen Arm etwas nach hinten, für den Fall, dass ich ihm mit Schwung ins Gesicht schlagen musste. Sicher war sicher.

„Seine Meinung ist seine Meinung. Meiner Meinung nach sind alle Menschen nichts wert. Abfall, der die Welt beschmutzt." Ich hatte viel erwartet, aber nicht das. Und ich dachte immer, ich würde Menschen hassen ... Aber damit konnte ich leben. Wenn schon hassen, dann alle einheitlich.

„Also weiter. Wie heißen deine Brüder?" In meinem Kopf stellte ich mir schreckliche Namen vor. Idiot Hell

Evil, Bad Goofy Doofy Evil, Hells Idiot No.1 Evil oder Helli Devili Evil, ich hatte eine Menge Ideen. Auch wenn eine dümmer war als die andere. Einen einzigen Vorteil hatte so ein schräger Name — nie würde man James mit jemandem verwechseln.

„Dexter und Daniel Evil."

Dexter und Daniel? Zwei vollkommen normale Vornamen in einer so absolut abnormalen Familie? Und wieso klang James' voller Name dann so gestört?

„Als gestört würde ich es nicht gerade bezeichnen ..."

Ups ... Da hatte ich wohl wieder laut gedacht.

„Aber definitiv nicht gewöhnlich. Weshalb ist der Name eigentlich ... so?"

„Herr Vater heißt Devilius, Herr Großvater hieß Lucifer und wie Herr Urgroßvater hieß, ist einfach zu schlussfolgern. Herr Vater erhoffte sich wohl, dass sich damit die besten Eigenschaften in mir vereinen."

„Oder eben die schlechtesten", murmelte ich leise.

„Herr Vater hat eine andere Sicht der Dinge."

„Das merkt man, das merkt man."

„Und wäre das alles, was dich interessiert?"

„Nee! Aber gerade fällt mir nichts ein. Dir?"

„Du fragst, ob mir etwas einfällt, das ich dir freiwillig erzählen würde?" Er runzelte die Stirn.

„Klar!" Manchmal war er wirklich schwer von Begriff.

„Dann nein."

„Schade." Offenbar war er die Unterhaltung leid geworden. Dann fiel mir doch noch etwas ein.

„Es hat zwar nicht direkt etwas mit dir zu tun, aber was hat es mit diesem Engelzeug auf sich? Weshalb halten sie mich für Eleonore, nennen mich aber Elisabeth? Weshalb tust du alles, um das zu verheimlichen? Und wie ist meine Schwester da bloß hineingeraten?"

„Das sind recht viele Fragen."

„Und was ist das Problem dabei?"

„Ich hätte es lieber geordnet."

„Aber das gehört alles zum selben Thema!"

Ich ließ meinen Kopf gegen die Wand knallen und seufzte laut. Immer dasselbe Theater mit ihm.

„Ordnung ist mir äußerst wichtig."

„Das merkt man ..."

„Gut. Für welche Frage hast du dich entschieden?"

„Was hat es damit auf sich?"

„Eleonore hat einen Engel gespielt. Die Leute wollten es glauben und sie hat ihre Rolle gespielt. Alle haben sie in dieser Rolle geliebt und darauf vertraut, dass sie ihnen hilft. Da sie gefallen ist und nur kurz danach du angekommen bist, halten sie dich für ihre Wiedergeburt. Kaum jemand weiß, dass sie eine Schwester hatte. Und das gleiche Aussehen hat den Rest erledigt. Menschen glauben viel, wenn sie verzweifelt sind. Und es gibt keinen einzigen Menschen hier, der glücklich ist."

Typisch Eleonore, helfen tat sie schon immer gerne. Und die Verzweiflung dieser Stadt hatte ich bei jedem Besuch stark genug zu spüren bekommen. Wie konnte ich es ihr auch verübeln — ich selbst liebte das Gefühl des Vertrauens von anderen. Man war in diesem Momenten wirklich ein Engel, wenn auch auf andere Art und Weise.

„Bist du eingeschlafen, Elisabeth?"

„Nein, ich habe nur nachgedacht. Weshalb halten sie mich für Eleonore, werde aber Elisabeth genannt?"

„Das ist durchaus eine längere Geschichte, die ich dir jetzt nicht erklären kann."

„Wie immer", erwiderte ich eingeschnappt und stampfte auf dem Boden auf. Immer, wenn es kompliziert wurde, machte er ein Geheimnis daraus. Bloß alle Leute von sich fernhalten und unhöflich wirken. Sein Ziel hatte er damit erreicht — es konnte ihn absolut niemand leiden!

„Stampfen ist keine angemessene Reaktion auf eine verweigerte Erläuterung eines Sachverhaltes, der einen nicht sonderlich viel interessieren sollte."

„Ach, was wäre denn eine angemessene Reaktion darauf, werter Herr?"

„Also, eine ange..."

„Das war rhetorisch gemeint!"

„Dann solltest du es anmerken! Unterbrechen ist ebenfalls nicht sehr höflich. Hast du sonst noch eine Frage oder dürfte ich den Raum verlassen?"

„Wieso verheimlichst du alles? Wieso weißt Du alle Menschen ab? Wieso lügst du nie, erzählst mir aber nie die Wahrheit? Wieso?" Am Ende war meine Stimme ein wenig ins Weinerliche abgerutscht. Es verletzte mich, dass der einzige, der noch mit mir redete, tausende Geheimnisse vor mir hatte. Noch dazu welche, die nicht einmal etwas Besonderes waren.

„Das ist gutes Benehmen. Herr Vater brachte mir dieses bei und er macht niemals etwas falsch."

„Benehmen, benehmen ... Wenn interessiert das? Wem musst du hier etwas beweisen? Es ist seltsam und nichts mehr. Kein Wunder, dass ...", ich stockte. *Dich niemand mag,* fügte ich in Gedanken hinzu.

„Kein Wunder, dass mich niemand mag. Das wollten Sie doch sagen, nicht wahr, Miss Angel? Da haben Sie Recht. Ich stimme Ihnen vollends zu. Guten Tag." Er drehte sich weg von mir und drückte sich vom Stuhl hoch. Beinahe wütend hatte er die Worte ausgesprochen. Und *Sie*. Wieder beim Förmlichen, nur damit ich ihn noch mehr hasste. Und dabei ...

„Ich habe zu putzen." Dann ging er. Einfach fort. Ließ mich allein. Und wieder war es die Schuld meiner extragroßen Klappe. Ich war allein. Alle, die es halbwegs mit mir ertragen konnten, scheuchte ich weg. So wie James. Auf unsere verrückte Art und Weise waren wir komplett gegensätzlich, und dennoch ähnlich. Wir beide waren verloren in einer dunklen und grausamen Welt. Allein.

Tag 26 – Der Zweite Fall

Die Tür krachte ins Schloss und Schritte entfernten sich. Ich drehte meinen Kopf zur Seite, konnte durch den Türspalt jedoch nichts sehen. Eigentlich sollte es mir auch egal sein, schließlich interessierte sich James auch nicht für mich. Ich ließ mich wieder zur Seite sacken. Bequem war das Sofa zwar nicht gerade, aber immerhin. Das klitschnasse Kopfkissen hatte ich schon vor einer Stunde auf den Boden geschmissen, war aber zu faul, um es aufzuheben. Selbst schuld.

Plötzlich klopfte es. Ich dachte schon, dass James zurückgekehrt war, doch die Tür öffnete sich nicht. Er wäre sicherlich sofort hineingeplatzt.

„Wer ist dort?", fragte ich, während ich versuchte, nicht so weinerlich zu klingen.

„Killian Thires. Zweiter Stock. Spreche ich mit Trewlanceys Engel?" Nicht schon wieder so ein verrückter Nachbar! Wohnte halb Trewlancey in diesem Haus oder nur die ehemaligen Insassen einer Nervenheilanstalt? Wieso dachten so viele Leute hier nur, dass ein Engel sich die Mühe machen würde, zu ihnen zu kommen? Selbst wenn ich einer wäre, mit den ganzen Irren hier würde ich mich bestimmt nicht abgeben! Ich kann mich nicht einmal selber leiden und die hier sind ... schlimmer als ich! Ok, schlimmer als ich geht eigentlich nicht, also gleich abscheulich.

„Ja", gab ich genervt zurück.

„Ich brauche Ihre Hilfe."

Nicht schon wieder! Das letzte Mal hatte ich mich zwar darüber gefreut, doch gerade jetzt wollte ich niemandem begegnen. Ich hasste Menschen! Sollten diese Trottel doch Eleonore suchen gehen. Ach ja, sie war doch fort, und zwar weil solche Idioten sie verjagt hatten! Sie war doch so glücklich, bevor sie hierher kam! Daran konnte nur dieser ... dieser Mister Thires und seine abscheulichen Bekannten schuld sein! Und natürlich James, sonst würde er kein Geheimnis aus allem machen und mir aus dem Wege gehen.

„Wobei?"

„Ich habe starken Haarausfall! Was soll ich tun?"

Haarausfall? War das sein Ernst? Gestern hatte ich wenigstens einen echten Fall! Und jetzt sollte ich einem vermutlich sehr alten Mann helfen, dass er keine Glatze bekommt? Nein! Nicht mit mir!

„Versuchen Sie es mit beten!" Sehr hilfreich, wirklich. Also ich habe damit auch keine glatten Haare bekommen, aber vielleicht half es bei ihm.

„Hab ich schon! Die Haare fallen nur immer stärker aus! Mir fallen fast so viele aus wie meinem Hund, einem Langhaarlabrador!" Langsam fragte ich mich wirklich, ob hier früher eine Irrenanstalt gewesen war, deren Bewohner heute noch in Trewlancey wohnten. Mögliche Insassen gab es jedenfalls genug ...

„Wie wäre es mit einem Toupet?"

„Hat mein Hund gefressen!"

Tja, ich konnte nur immer wieder predigen: Kinder und Hunde machen nur Probleme. Beide fressen so gut wie alles und jaulen.

„Neues Toupet?"

„Mein Hund frisst sehr gerne Toupets!"

„Wie wäre es mit einer Perücke?"

„Mein Hund frisst auch sehr gerne Perücken!"

Verzweifelt seufzte ich. Dieser Mann und sein Hund raubten mir den letzten Nerv. Die nicht sehr wertvollen Ratschläge gingen mir aus und gute fielen mir keine ein. Was ging mich das ganze überhaupt an? Ich meine, ich war kein Friseur! Sollte er sich doch ein bisschen Wolle auf den Kopf kleben, in seinem Alter würde niemand den Unterschied erkennen, seiner Stimme nach zu urteilen.

„Wie wäre es mit einem Toupet und viel Sekunden- oder Heißkleber?"

„Habe es schon versucht, das tut so weh!"

Plötzlich hatte ich die perfekte Idee, um ihn loszuwerden. Haarwuchsmittel! Natürlich! Ob das Zeug funktionierte, wusste ich nicht, aber einen Versuch war es wert. „Ich habe eine Eingebung. Ich höre, wie jemand mir einen Weg diktiert. Der Weg, der Sie zum erhofften Ziel führen wird."

„Oh mein Gott, Danke! Danke vielmals oh Herr!"

„Sie müssen die Straße hinunter, in Richtung Fabriken. Ich sehe ein großes Haus dort stehen. Fensterscheiben, die zwei Meter hoch sind. Und über diesem riesigen Haus hängt ein Schild. Al ..."

„Al was?"

„Sie werden es erkennen, wenn Sie es sehen. Gehen Sie durch die Tür und nach rechts. Zwei Meter weiter nach links und Ihnen gegenüber wird die Lösung Ihres Problems erkennbar sein. Nehmen Sie es und Heilung ist Ihnen gewiss." Kaum hatte ich zu Ende gesprochen, stürmte er schon die Treppe hinunter, wenn man das bei alten Leuten so sagen kann. Und ich hatte meine Ruhe. Hach, ein Glück, dass ich wusste, wo hier Aldi war. Irgendwo bei dem Schönheitskram war bestimmt ein Haarwuchsmittel. Andere Ideen hatte ich sowieso nicht mehr. Endlich wieder Zeit zum Schlafen.

Doch Mister Thires hatte mich schon so auf die Palme gebracht, dass ich nicht einschlafen konnte. Verdammter Mist. So musste ich, so sehr ich es auch bedauerte, aufstehen. Essen gab es heute wohl nicht und mein Magen knurrte wie ein wütender Werwolf.

Regentropfen liefen über die Fensterscheibe, die nicht so intakt war, wie ich es mir gewünscht hätte. Der Boden hatte also nicht gerade wenig von diesem Wetter abbekommen. Schimmel hatte ich hier aber schon und Schlimmeres konnte nicht passieren. Na gut, vielleicht könnte das Fenster herausbrechen. Wenn, dann war es aber James Schuld. Es war immer James Schuld.

Da ich sonst nichts zu tun hatte, entschied ich mich für einen Spaziergang. Mantel über und das wär's. So viele Sachen hatte ich auch nicht mitgenommen, als das ich mich überhaupt umziehen könnte. Besser gesagt, ich war einfach direkt von der Arbeit verschwunden mit meinem hässlichen blauen Kleinmädchenkleid und dem weißen Mantel. Nicht einmal vernünftige Schuhe hatte ich - diese Puppenschühchen konnte doch keine normale Frau ohne Probleme tragen!

Kaum dass ich aus der Tür hinaus war, atmete ich tief ein. Die Luft in den Räumen war so stickig, dass da selbst das ein wenige kaputte Fenster nichts dagegen machen konnte. Auf dem Flur war es zwar nicht viel besser, da überall der beißende Geruch von Desinfektionsmittel die Überhand gewonnen hatte, aber dennoch bequemer als in dieser Bruchbude zwischen Trümmern, Gedanken und Verzweiflung.

Schritt für Schritt ging ich die Treppe hinunter, während ich hoffte, James nicht zu begegnen. Zum Glück kam er mir nicht entgegen. Er hatte schon so genug angerichtet. Dieser Mistkerl hatte Eleonore nicht aufgehalten und tyrannisierte nun mich. Von wegen, er hatte es so gelernt. Nicht einmal die strengsten Eltern der Welt würden ihr Kind so verbittert und verkniffen erziehen, sonst wäre ich sicher genauso geworden. Bestimmt wollte er, dass ihn niemand leiden konnte. Zutrauen konnte ich es ihm.

Von einem Moment auf den anderen wurde ich aus meinen Gedanken gerissen. Rotes Absperrband hielt mich auf. Und dahinter ...

Tag 26 – Absperrband

Das rote Absperrband drückte mich zurück. Ich schnappte nach Luft, vor mir die schwarzen Linien auf dem Boden, die ... Ich zitterte. Rotes

Absperrband und schwarze Linien auf dem Boden. Und ein dunkelbrauner Fleck. Es wirkte, als wäre ich in einem Krimi gelandet. Aber es war keiner. Es gab keinen Mord, keine Sirenen. Es gab nur noch mich und diesen dunkelbraunen Fleck auf dem Boden, den ich pausenlos anstarrte. Hart prallten meine Knie auf den Boden und mir wurde schummerig. Das wirkte so ... irreal. Das konnte doch nicht wahr sein! Mit dem Blick verfolgte ich die Linien. Sie stellten einen Menschen dar. Sie stellten sie dar. Vor meinem inneren Auge vervollständigte sich das Bild. Absperrband und schwarze Linien um eine Leiche herum. Blut, das langsam trocknet. Sie. Meine Schwester Eleonore. Sie war es, die dort am Boden lag. Blutrot. Überall blutrot.

Ihre Hand zeigte auf mich. Sie wollte, dass ich sie festhielt. Sie wollte nicht alleine ins Nichts fallen. Ich streckte mich nach vorne und wollte ihre Hand ergreifen. Doch da war nichts. Rein gar nichts. Ein *Warum* lag auf ihren Lippen. Warum hatte ich das nur getan? Sie brauchte mich! Ich war doch ihre Schwester! Doch ich hatte sie einfach fallen gelassen. Ich war nicht für sie da gewesen. Ich habe sie nicht genug geliebt.

Ich kippte nach vorne auf den Asphalt, den Kopf so fest dagegen gedrückt, sodass es wehtat. Sie war nicht dort, doch jedes Mal, wenn ich nach vorne sah, erkannte ich sie. Es wäre, als wäre sie da und hätte nur auf mich gewartet. Gewartet, bis ich ihr aufhelfe und wir gemeinsam fliegen. Dennoch war es zu spät. Alles war zu spät. Ich hatte sie verloren.

Warum? Fragend hob ich meinen Kopf zum Himmel hoch? Warum nur? Warum konnte ich ihr nicht die Hand reichen und warum konnten wir nicht gemeinsam fliegen? Ich hatte so viele Fragen, die mir niemand beantwortete. Die Leute hatten eine Linie um sie herumgezogen und sie einfach fortgezerrt. Fort von mir. Und was von ihr übrig blieb, war nur eine verdammte schwarze Linie.

Mein Blick wanderte zum Haus und die Stockwerke hoch. Fast nur zerrissene Gardinen oder verdreckte Fenster waren zu erkennen. Niemand, der sie hätte sehen können auf ihrem Flug, der in einem Fall endete. Besser gesagt, fast niemand. Ein Fenster hatte keine Gardinen und war zudem blitzeblank geputzt. Ich hätte schon da ahnen können, wer dort wohnte. Saubere Fenster und keine verschmutzten Gardinen. Doch es fiel mir nicht ein. Bis derjenige selbst ans Fenster trat. James. Er blickte zu mir hinab. Zwar war er nur schemenhaft aus dieser Höhe zu erkennen, doch er war es. Und er sah mir ins Gesicht. Warum? Warum hast du nichts getan? Warum hast du sie nicht gerettet? Warum hast du mir nichts gesagt? Doch wie immer kam keine Antwort. Er starrte nur hinab und ich hinauf. Er hatte sie gesehen. Das wusste ich einfach. Er war von Anfang an so überzeugt, dass sie nicht geflogen war, weil er sie selbst gesehen hatte. Und nichts getan hatte. Er hatte vermutlich so still dagestanden wie jetzt. Nichts gesagt, wie immer. Und nur einfach alles beobachtet, als wäre er kein Teil dieser Welt. So wie immer. Doch all diese Fragen, die ich ihm stellte, stellte ich auch mir. All diese Fragen, deren Nichtbeantwortung mich innerlich auffraßen, konnte auch ich nicht beantworten. Eleonore war einfach aufs Dach geklettert, um zu fliegen, doch sie war gefallen. Ich hatte tausend Mal selbst daran gedacht, doch ich hätte es nie getan. Ich konnte meine Schwester doch nicht verlassen. Doch sie hatte es getan. Und ihre einzige Antwort auf all das war, sie wolle fliegen. Sie hatte sich nicht mehr auf mich verlassen. Ich war nicht mehr ihre liebste Schwester, die irgendwie alle Probleme aus dem Weg räumte. Sie war nicht mehr meine liebste Schwester, deren Lächeln um die halbe Welt zu reichen schien. Das unzerbrechliche Band zwischen uns war zerrissen worden. Und auf die Frage *Warum?* hatte selbst sie keine Antwort mehr.

In Gedanken versunken hatte ich meine Augen geschlossen, die ich jetzt wieder öffnete. James war vom Fenster verschwunden. So wie immer, wenn er auf etwas keine Antwort hatte. Er konnte nur wegrennen. Doch ich tat eigentlich auch nichts anderes. Ich rannte einfach nur immer davon. Egal, wo ich auch hinkam, immer gab es etwas, vor dem ich davonrannte.

„Elisabeth ..." Er war hinter mich getreten.

„Warum, James? Warum ist all das einfach geschehen? Warum? Warum jetzt? Warum überhaupt?"

Er hockte sich neben mich und seufzte. „Ich weiß es nicht. Es ist nicht unsere Entscheidung, was andere Leute tun und was nicht. Vieles geschieht und man kann es nicht ändern. Morgen wartet niemals auf das, was die Leute im Gestern vergessen haben."

Morgen wartet niemals auf das, was die Leute im Gestern vergessen haben. All das, was ich zurückgelassen hatte, um Eleonore ein besseres Leben zu bieten, hatte sie auch vergessen. Sie hätte mich nur fragen müssen, und ich hätte ihr all ihre Träume erfüllt. Doch für sie hatte es nur das Heute gegeben, kein Gestern und kein

Morgen. Ihr war es egal gewesen, was hätte sein können und was hätte werden können. Ihr war so viel egal gewesen. Sogar ich. Schluchzend ließ ich mich auf James' Schulter fallen. Meine Schwester war tot. Und dabei hätte ich ihr helfen müssen. Ich hätte einfach für sie da sein müssen. Doch ich hatte gedacht, man könnte das alles auszahlen. Ich hatte vergessen, mich um sie zu kümmern. Ich hatte sie vergessen. Und sie würde nie wieder zu mir zurückkommen, weil ich sie nicht genug geliebt hatte. Tränen liefen mir über die Wangen und ich konnte keinen einzigen klaren Gedanken fassen. Immer wieder das Bild vor mir, wie sie die Hand nach mir ausstreckte und ich sie einfach fallen ließ. Ich hatte sie im Stich gelassen. Ich hatte ihren Tod zu verantworten. Ich und sonst niemand. Ich war schuld, sonst würde sie leben. Ich wiederholte es immer und immer wieder flüsternd. Es war wahr.

„Dich trifft keine Schuld, Elisabeth. Eines Tages fallen wir alle. Und sie hatte die falsche Entscheidung über den Zeitpunkt getroffen. Sie hat es nicht deinetwegen getan. Jeder trifft seine eigene Entscheidung."

Doch ich, ich hätte es verhindern können. Verhindern müssen. Ich hätte ihr eine bessere Schwester sein müssen. Doch ich war ihr keine gute Schwester gewesen, sonst wäre sie jetzt nicht fort.

Tag 25

Zeiten kommen, Zeiten gehen
alles kommt und alles geht,
alles wird einmal vergehen,
denn die Zeit bleibt niemals stehen.

Manchmal laufen wir nur weiter
bleiben nicht stehen, sehen nicht zurück.
Hauptsache hoch die Aufstiegsleiter
bis hinauf zum großen Glück.
Doch plötzlich endet diese Leiter
und wir fallen auf den Boden zurück.

Zeiten kommen, Zeiten gehen,
alles kommt und alles geht,
doch egal auf welchem Weg,
nie ist das Leben perfekt.

Manchmal sehen wir die Leute,
nehmen sie dennoch nicht wahr,
gehören doch nur zur großen Meute
und sind doch eigentlich nicht da.

Zeiten kommen, Zeiten gehen
alles kommt und alles geht,
alles wird einmal vergehen,
denn die Zeit bleibt niemals stehen.

Oft da ist die Norm die Wahrheit,
etwas anderes kann nicht sein.
Wiegen uns in ewiger Trübheit,
wie blöd die Menschheit doch kann sein.
"Kümmern" uns nur um die anderen
um sie zu machen uns nur gleich.
Wieso soll man nicht mit der Lüge wandern,
dass sein eigenes Herz sei rein?

Zeiten kommen, Zeiten gehen,
alles kommt und alles geht,
doch egal auf welchem Weg,
nie ist das Leben perfekt.

Worte sind doch auch nur Worte.
Wieso bedeuten sie dann so viel?
Verschließt man bloß der Wahrheits Pforte,
bleibt es doch bei den tollen Lügen hier.

Zeiten kommen, Zeiten gehen
alles kommt und alles geht,
alles wird einmal vergehen,
denn die Zeit bleibt niemals stehen.

Manchmal würd' ich gerne schreien,
doch die Worte fehlen mir.
Wieso dann nicht die der anderen leihen?
Das sagt doch wirklich jeder hier.

Zeiten kommen, Zeiten gehen,
alles kommt und alles geht,
doch egal auf welchem Weg,
nie ist das Leben perfekt.

Und egal, wie wir nur meckern,
alles bleibt doch wie es ist.
Ich bin doch schon abgestempelt,
fügt mich doch auf die Feindeslist.

Zeiten kommen, Zeiten gehen
alles kommt und alles geht,
alles wird einmal vergehen,
denn die Zeit bleibt niemals stehen.

Natürlich gibt's auch gute Zeiten.
Alleine, das ist doch wohl klar.
Da kann man so viel sagen und meinen
und doch bleibt alles, wie es war.

Zeiten kommen, Zeiten gehen,
alles kommt und alles geht,
doch egal auf welchem Weg,
nie ist das Leben perfekt.

Die Hoffnung ist etwas, vor dem es mir graut.
Ein Wunsch ist etwas, das dem Herzen pausenlos Lügen anvertraut.
Die Zukunft ist etwas, das bös ausschaut.
Eine Liebe ist etwas, das einem das Leben klaut.

Zeiten kommen, Zeiten gehen
alles kommt und alles geht,
alles wird einmal vergehen,
denn die Zeit bleibt niemals stehen.

Wenn schon die Zeit keine Antworten hat.
Wenn nur noch Lügen in den Worten finden Platz.
Wenn das Ende wie die letzte Chance auf ein Morgen erscheint,
dann hast du endgültig deine letzte Träne geweint.

Zeiten kommen, Zeiten gehen,
alles kommt und alles geht,
doch egal auf welchem Weg,
nie ist das Leben perfekt.

'Auf ein Morgen ohne Sorgen', wie so viele sagen.
'Doch woher wissen wir, dass es kommt?', möchte ich gerne fragen.
Die Zukunft bleibt auf ewig ungewiss.
Doch die Gewissheit über ein abscheuliches Morgen hat nie jemand
vermisst.

Zeiten kommen, Zeiten gehen
alles kommt und alles geht,
alles wird einmal vergehen,
denn die Zeit bleibt niemals stehen.

Lügen sind das, was uns ausmacht.
Gutmütigkeit ist das, wonach nur ein Kind noch fragt.
Tränen sind das, was vom Schmerz als einziges nicht bleibt.
Einsamkeit ist das, was ewig in unseren Herzen verweilt.

Tag 25 – Nutzlose Gedanken

Sometimes I have that feeling I could fly.
So I just have to open up my wings.
Up to the clouds, to the sun and the sky,
it's not time to think or ...", las ich mir selbst vor und brach dann ab. Ich verstand es einfach nicht. So simple Worte und doch verstand ich sie einfach nicht. Es sollte wohl heißen, sie wollte von mir fort. Von ihrer eigenen Schwester, die ihr nie gefolgt war. Sie wollte so sehr fort von mir, dass sie bereit war zu sterben. Weil ich sie nicht genug geliebt hatte.

Sie war einfach immer wunderbar gewesen. Sie hatte es geliebt zu dichten und zu schreiben. Sie hatte es geliebt zu lachen und sich die neusten seltsamen Dinge auszudenken. Sie hatte das Leben geliebt. Und ich hatte alles gehasst und tat es auch heute noch.

Ihr letztes Gedicht war so wunderbar wie all die anderen, doch genauso unverständlich. Poesie war noch nie mein Thema. Reimschemen und Gedichtsanalysen waren zwar einfach, aber über das Schulwissen wollte ich nie hinauskommen. Sie hatte Sprachen geliebt und ich saß mit meiner Mathematik fest. Ich hätte mich auch damit befassen können, anstatt pausenlos Formeln auszurechnen, um immer besser zu werden. Doch wer zu viel nachdenkt, verheddert sich früher oder später in Gedanken und genau das hatte ich verhindern wollen.

Wenn man das Quadrat aus neunzehn oder die Wurzel aus siebenhundertneunundzwanzig ausrechnete, bekam man nur eine eindeutige Lösung und auch sehr viele Gleichungen liefen auf eine mögliche Lösung für eine unbekannte Zahl hinaus. Mathematik war kinderleicht, Physik war eine reine Verständnissache und Chemie war schon immer eine Beschäftigung ganz nebenbei gewesen. Sprachen waren nie meine Leidenschaft gewesen, Worte, die nur Unheil anrichteten und zu viele Interpretationsmöglichkeiten. Nein, ich hatte es ihr überlassen, zu dichten. Eleonore konnte es.

Es klopfte an der Tür, die sofort aufschwang.

„Ich dachte, du hättest genug gehungert."

James. Wie immer. Der einzige, der mich überhaupt besuchen kommen würde.

„Du darfst eintreten."

„Vielen Dank."

Er kam hinein und stellte Teller über den Teller auf den Tisch. Wer zur Hölle sollte solche Unmengen an Essen verdrücken? Hielt er mich für einen Sumo Ringer?

„Du darfst ruhig auch neunzig Prozent davon essen."

„Ich aß schon in meiner Wohnung. Zudem ist das Brot nicht annähernd ordentlich genug geschnitten."

Nicht ordentlich genug? Ich würde nie im Leben aus einem normalen Krustenbrot ein quadratisches Minihäppchen machen! Und quadratische Wurststapel sind schon enorm geordnet. Dennoch verkniff ich mir ein *ist mir nicht unordentlich genug*, da er das vermutlich wieder als persönliche Beleidigung interpretiert hätte.

„Ich habe wirklich keinen Hunger."

„Wenn du noch weniger isst, dann wiegst du bald nicht achtundvierzig, sondern achtundzwanzig Kilo. Und das ist kein Idealgewicht. Vor allem, weil so abgemagerte Frauen nicht annähernd als schön bezeichnet werden können."

Nicht annähernd als schön bezeichnet werden können? Ist das sein Ernst? Erstens war er selbst nicht gerade ein Schwergewicht, was bei seiner Art das Brot zuzuschneiden auch unmöglich war, und zweitens hatte er absolut keine Ahnung von solchen Frauensachen. Bestimmt hatte er auch was gegen Make-Up und Stöckelschuhe. Bei dem Typ konnte einfach alles sein.

„Ist eine sagen wir mal Elefantenfrau dann schön?"

„Ich weiß nicht, was das ist, deshalb kann ich die Frage auch nicht angemessen beantworten."

„Na eben eine Frau mit den Maßen eines Elefanten! So groß und dick wie ein Elefant! Gibt's zwar nicht in echt, aber sagen wir mal, das gibt es."

„Würden wir davon ausgehen, dass wir einen Menschen in exakt die Maße eines Elefanten projizieren, und müssten wir annehmen, dass dennoch die menschlichen Proportionen beibehalten werden, würde dieses Mischwesen schlichtweg nicht überleben, da mit unserer Konzeption und Ausbreitung der Organe im Körper eines Elefanten nicht einmal die nötige Blutzufuhr gewährleistet wäre."

War er kompliziert ... Alles musste real, alles musste logisch sein. Jetzt verstand ich, wieso mich als Kind absolut niemand leiden konnte bei so einem Verhalten. Heutzutage konnte ich die Tassen in meinem Schrank wenigstens hinein und hinaus stellen.

„Dann frage ich dich, ob die dickste Frau der Welt schön ist." Darauf musste er eine Antwort haben!

„Ich habe sie nie gesehen, deshalb kann ich das nicht beurteilen."

Wunderbar. Wirklich wunderbar. Irgendwie schaffte er es immer, um Antworten herum zu kommen. Gesprächslustig war er definitiv nicht.

„Kein Wunder, dass ich keinen Appetit habe, wenn du kein vernünftiges Gespräch führen kannst!"

„Vielen Dank."

„Das war kein Kompliment! Weißt du was? Da du so verdammt stur bist, bekommst du deinen Willen!"

Ich nahm ein Brot und stopfte fünf Scheiben Salami drauf. Noch eine Scheibe Brot und fünf Scheiben Käse. Die dritte Scheibe Brot und sieben Scheiben Kochwurst. Noch ein Stück Brot mit ganz viel Marmelade und die letzte Scheibe Brot obendrauf. Eine schöne leckere Matschepampe. Ich aß zwar nicht oft, wenn, dann aber richtig. Und bei der Größe seiner Brotscheiben passte alles sogar in meinen Mund hinein.

Entsetzt starrte James mich an, während er nach irgendetwas in seinen Taschen suchte. Mit der Zeit schien es, als würde ihm übel werden. Doch ich kaute munter auf dem Happen herum und schluckte ihn auch problemlos herunter. Dreckig waren meine Sachen sowieso, die paar Marmeladeflecken und Brotkrummen machten da auch keinen großen Unterschied. Zudem schmeckte es mir so.

Wortlos reichte er mir ein Taschentuch und drehte sich zur Seite. Mittlerweile war eine Art Grünstich auf sein Gesicht gewichen. Was war denn das Problem daran? Ich war hier doch nicht auf einem Ball, auf dem ich kleine Häppchen zu mir nehmen musste, die einfach nur eklig waren. Na gut, Vater fand meine Essgewohnheiten zwar auch nie sehr toll, aber er musste sich doch nicht genauso grässlich verhalten.

„Und, ist die Übelkeit vorbei?", fragte ich nach ein paar Minuten genervt nach.

„Nicht vollends."

Ich seufzte. Immer sabotierte er jedes Gespräch. Immer wollte er nicht mit mir reden. Ich wusste nicht, was mit ihm los war. Etwas war daran seltsam. Gestern Morgen war er noch ein einfühlsamer junger Mann gewesen, der mich wirklich zu verstehen schien. Heute jedoch war er so kalt und distanziert wie eh und je. Als ob er mich nicht leiden könnte.

„Ich sollte lieber gehen, Elisabeth. Wir sehen uns morgen."

Er verschwand und ließ mich allein. So wie immer. Er vertraute mir nicht und ich ihm genauso wenig, und das grundlos. Doch vielleicht würde die Zeit des Misstrauens und der Verzweiflung bald vorüber sein, ich hoffte es jedenfalls. Ich wusste nicht wieso, aber irgendwie war er mir ans Herz gewachsen in den wenigen Tagen, in denen ich ihn kannte. Wirklich kennen tat ich ihn zwar noch nicht, doch ich glaubte, er würde mir tatsächlich fehlen, wenn er mir nicht jeden Tag so auf die Nerven gehen würde. Es war beinahe so, als hätte ich in ihm einen neuen Freund gefunden. Doch das ging nicht. Meinetwegen war er ein Lord, aber deshalb noch lange nicht der richtige Umgang. Und wer wusste schon, ob der nicht doch etwas mit Eleonores Sturz zu tun gehabt hatte.

Tag 24

Snow is falling down the sky,
little frozen tears of the world,
snow is falling all over,
all over this black world.

The little tears of the sky,
little, beautiful and so white,
make this black world to smile,
they make the world for a few times to be white.

Snow is falling down the sky,
little frozen tears of the world,
snow is falling all over,
all over this black world.

In the winter time,
all seems to be not right,
but cause the year soon ends,
we find our hope again.

Snow is falling down the sky,
little frozen tears of the world,
snow is falling all over,
all over this black world.

In December,
we often remember,
the good things we have,
and what we still miss.

Snow is falling down the sky,
little frozen tears of the world,
snow is falling all over,
all over this black world.

Soon will be Christmas,
happiness is all around,
people think, there's nothing bad here,
but the darkness is always all around.

Snow is falling down the sky,
little frozen tears of the world,
snow is falling all over,
all over this black world.

Schnee fiel vor dem Fenster und der erste Dezember
und auch der erste Advent begannen. Vierundzwanzig
Tage bis Weihnachten, die vermutlich wie jedes Jahr
mit Frustration und Einsamkeit erfüllt werden würden.
Denn auch wenn der Schnee vom Unheil dieser Welt
ablenkte, so lenkte er nicht von dem ab, was in meinem
Herzen war.

Tag 24 – Erinnerungen

Schneeflocken rieselten ins Fenster und auf den Boden. Fußwege, Straßen, Hausdächer, alles war in weiß getaucht. Alles wirkte so friedlich und fröhlich. So familiär und besinnlich. So ideal und gleichermaßen so abscheulich wie jedes Weihnachtsfest.

Ich warf einen Blick auf die Uhr, die ich abgelegt hatte. *Chronometer* hatte Vater das Ding immer genannt. Nicht nur die Uhrzeit, nein, auch noch das komplette Datum wurde davon angezeigt. Es war also der erste Dezember und dieses Jahr gleichzeitig der erste Advent. Ich hasste den Dezembern schon immer.

Weihnachtszeit, die Zeit des Stresses und der Verzweiflung. Die Zeit, um tausende Geschenke für im Herzen fast Fremde zu kaufen, die einem nur Stifte und lehrreiche Bücher schenkten. Die Zeit, um wie eine perfekte Familie zu wirken, weil alle darauf achteten. Die Zeit für Schimpfereien und Beleidigungen, weil jemand Plätzchen anbrennen gelassen hat und ein anderes die Weihnachtsgirlande mit dem Hut hinuntergerissen hat. Weihnachten war für mich schon immer das schlimmste Fest des Jahres gewesen und diese blöden Adventsveranstaltungen einfach nur nervig. Dass alle den ersten Advent feierten, hatte es nicht viel einfacher gemacht. Eleonore hatte direkt vor Weihnachten unser Elternhaus verlassen. Am zwölften Dezember hatten wir unseren siebzehnten Geburtstag gefeiert. Und direkt danach war sie weg. So wie jetzt.

Ich zog die Gardinen wieder vors Fenster und lief durch den Raum. Der Holzboden bebte unter meinen

Füßen, weil ich mit ganzer Kraft trampelte. Ich hasste die Weihnachtszeit über alles. Alle wollten das perfekte Bild eines Familie haben. Die Mutter steht am Herd und sticht Plätzchen aus, während der Vater den großen Tannenbaum aufstellt und alle Kinder die selbstgebastelten Girlanden fallen lassen, um die Tanne zu schmücken zu gehen. Eine glückliche Familie wie auf einem dieser dämlichen Werbeplakate für Plätzchenmischung oder Weihnachtsbaumschmuck. Wie in einem dieser Werbespots, die mein Vater jede Weihnachten mit uns gedreht hatte. Sogar Fanpost hatte ich für diesen Müll bekommen.

Am vierzehnten Dezember hatte Eleonore ihr allererstes Buch veröffentlicht. Nicht über einen Verlag, sondern selbst und mit einer Menge Druckkosten, die Vater nicht hatte leiden können.

Am sechzehnten Dezember hatte sie ihren zukünftigen Arbeitsgeber alias unseren Vater auf förmlichem Wege angeschrieben, dass sie die Stelle nicht annehmen könne, weil sie Schriftstellerin und keine Sekretärin werden wolle. Ich erinnerte mich noch gut daran, wie der Brief ankam. Eine Eilzustellung mit einem einfachen Kündigungsschreiben. Sie hat es wohl verständlich gefunden, dass sie nicht arbeiten müsse. Sie hatte gedacht, dass sie eines Tages mit ihren Werken berühmt werden würde. Als Tochter eines Millionärs konnte man sich das erlauben, so hatte sie gedacht. Doch Vater war nicht gerade entzückt darüber gewesen. Sie hätte auf ihn hören müssen.

Am achtzehnten Dezember wurde die Stelle neu vergeben und Eleonore hatte keinen Arbeitsplatz mehr. Stattdessen wurde ich als Chefsekretärin angenommen. Nicht, dass mir diese Stelle gefallen hätte, ich wollte genauso wenig einfach nur eine Aufgabe erfüllen, weil ich nicht wie ein Versager zuhause sitzen sollte. Außerdem musste Vater beweisen, dass er modern war und nicht an alte Rollenbilder glaubte – wenigstens zum Schein.

Eleonore hatte ihr Leben vergeudet. Aus ihr hätte mehr werden können. Doch nun war sie fort. Sie hatte es mir auch noch jahrelang nachgetragen, dass ich so spießig gewesen war und in den Familienbetrieb eingetreten war. Für sie war es unvorstellbar gewesen, tagein, tagaus Telefonate zu führen, Emails zu schreiben und sinnlose Dinge auszurechnen. Doch von Zweien musste eine immer auf dem Boden der Tatsachen bleiben. Ich war geblieben – für sie.

Am zwanzigsten Dezember hatte Vater sie enterbt und hatte ihr bis Ende des Jahres Zeit gegeben, das Haus zu verlassen. Er hatte es einfach verkündet und war dann gegangen. Als wäre es das Selbstverständlichste der Welt. Wollte sie nicht arbeiten, war sie kein Familienmitglied mehr. Familie war für ihn ein Geschäft gewesen wie alles andere auch.

Am zweiundzwanzigsten Dezember hatte nur noch ein kleines Gedicht auf ihrem Nachttisch gelegen und die Klamotten waren aus dem Schrank verschwunden. Sie war auch nicht wiedergekommen. Sie hatte mich genauso im Stich gelassen wie jetzt auch. Sie war einfach fort gegangen ohne ein Wort. Ich hätte ihr eine bessere Schwester sein müssen, hatte sie mir später gesagt und war in Lachen ausgebrochen. Alles nur ein Scherz, hatte sie im Nachhinein immer wieder betont. Doch noch immer glaubte ich daran, dass es kein

Scherz war. Krachend ging ein Teller zu Bruch, den ich auf den Boden gefegt hatte, bevor ich mich schluchzend wieder auf das Sofa fallen ließ.

Am vierundzwanzigsten war sie in die Wohnung in Trewlancey eingezogen. Ich hatte zu ihr ziehen wollen, doch ich konnte nicht. Eine von uns beiden musste erwachsen werden. Und diejenige war ich.

Am achtundzwanzigsten Dezember hatte ich den Job angetreten, den sie nicht haben wollte und in dem ich bis vor kurzem noch arbeitete. Eine gut bezahlte Stelle in einem riesigen Unternehmen, meinen Vater und später meinen Großonkel als Chef und ein Büro fast so groß wie ein Haus. Ein Job mit allen Vorzügen und den ich dennoch abgrundtief gehasst habe.

Sieben Ereignisse im Dezember, die alles zerstörten. Sieben Gründe, Weihnachten zu hassen. Und so wie jedes Jahr würde ein Dezember voller Verzweiflung, Hass und Einsamkeit auf mich warten. Vielleicht war sie deshalb fortgegangen. Vielleicht konnte sie nicht noch einen schrecklichen Dezember ertragen. Ich wusste nicht einmal, ob ich es konnte.

Jemand klopfte und riss mich aus meinen Gedanken. Konnte man nicht einmal in Ruhe die verdammte Welt verfluchen, ohne dass jemand kam? Wenigstens kam derjenige nicht einfach so, also war es nicht James. Ich wusste nicht, ob ich mich darüber freuen oder ärgern sollte. Beides vermutlich.

„Herein", meinte ich genervt.

Und hinein kam mein dritter Auftrag, der leider einer der schwierigsten meines Lebens werden würde.

Tag 23

Do we really know
what's wrong, what's right?
Do we really know
what might be?
There's nothing
we absolutely know.
Because only the future will tell us
what was wrong and what was right.
Things will be
as they should be anyway.
Nothing will change
if we don't change it.
But we'll never know
if we do it better or wrong.
Time will show us
what can happen and what doesn't happen
isn't an opportunity anymore.
Time will show us
what should be and what shouldn't be.
There's no right and no wrong
in the future.
What's good and what's bad
is just the choice of people and
sometimes there's nothing right
instead of something wrong.
Ich wusste nicht, wie das noch gut werden konnte.
Egal, wie es auch ausgehen würde, gab es keine gute
Lösung. Es gab keinen offensichtlichen Ausweg aus
dieser Situation. Ein wirklich komplizierter neuer Fall
hatte begonnen.

Tag 23 – Fall Nummer Drei

Herein." Ich hatte absolut keine Lust, jemanden zu begegnen, doch etwas anderes fiel mir nicht ein. Es konnte sowieso jeder hineinkommen, ich hatte einfach keine Lust, alles zu verbarrikadieren. Die Tür schwang auf und ein etwas älteres Paar kam hinein. Ich hatte das Gefühl, die beiden schon gesehen zu haben, doch ich erinnerte mich nicht daran, woher. Vorsichtig richtete ich mich etwas auf, soweit es in den neuen Trümmern jedenfalls möglich war.

„Wer sind Sie?", fragte ich.

„Mister und Misses Jellouns aus dem Haus gegenüber." Und schon wieder Nachbarn ... Wieso hatten Nachbarn immer das Talent, die besten Freunde oder die schlimmsten Nervensägen zu sein? Kaum wollte man ein einziges Mal alleine herumheulen, kamen schon wildfremde Nachbarn an, die bestimmt auch noch Hilfe brauchten.

„Wobei kann ich Ihnen helfen?" Ich versuchte, möglichst wenig genervt zu klingen, auch wenn es mir schwerfiel. Die Frau stupste den Mann mit dem Arm an, der mich hilflos anblickte. Ich ließ mich wieder nach hinten sacken. Offenbar würde das hier eine Weile dauernd. Nach ein paar Minuten fing Misses Jellouns doch an zu reden.

„Wissen Sie, wir haben nur eine kleine Rente. Wir können uns deshalb nicht viel leisten. Doch jetzt werden die Mieten für die Wohnungen um fünfzig Pfund erhöht." Dann brach sie einfach ab, doch ich konnte mir schon denken, worum es dieses Mal ging.

„Erzählen Sie weiter."

„Also ... Diese fünfzig Pfund pro Monat haben wir nicht. Es ist zwar nicht viel, aber wir haben schon so nur vierzig Pfund für sonstige Ausgaben übrig. Doch wenn wir nicht bis Ende des Monats das Geld nicht auftreiben, dann sind wir obdachlos."

Und wieder ein Geldproblem ... Ich hätte es mir eigentlich denken können, schließlich konnte jemand, der in so einer Wohnung hauste, nicht sehr reich sein. Mal abgesehen von mir und unserem Lord, also dem neunten Stockwerk von Haus Nummer 17.

„Und ich soll mit dem Vermieter reden?"

„Vielleicht wird er Gnade walten lassen, wenn Sie ihm beweisen, dass alle Menschen von Gottes Liebe lernen sollten und nicht die finanziellen Werte über den Wert der Liebe stellen sollten. Denn nur Liebe wird die Menschheit eines Tages erretten."

Ich verschluckte mich an meiner Spucke und fing an zu husten. Das war ja schon eine halbe Predigt! Na gut, vielleicht nicht, aber ich war schon vor so langer Zeit in der Kirche gewesen, dass ich es nicht beurteilen konnte. Klang aber fast wie in einem dieser abgedrehten Engelfilme, in denen irgendwelche Leute plötzlich leuchteten und von Gottes Liebe redeten. Ich hatte mich immer schon gefragt, ob die dabei clean waren. Das Pärchen hier wirkte aber noch halbwegs bei Verstand und torkeln taten sie auch nicht.

„Ich werde mein Bestes versuchen. Wie heißt er überhaupt?"

„Mister Genter."

Mit dem Namen konnte ich absolut nichts anfangen. Wer auch immer das war, er war also nicht sonderlich reich. Doch Leute zu kündigen, weil er monatlich fünfzig Pfund weniger bekommen würde, war absolut unmenschlich. Und deshalb nahm ich meinen dritten Fall an, der weitaus mehr als nur ein Fall werden würde und noch eine Menge Probleme bereiten würde.

Tag 23 – Mister Genter

Ich warf meinen Mantel über und ging hinaus. Die Treppen runter und schnell aus dem Haus, bevor James mein Verschwinden noch bemerkt. Schließlich hatte ich etwas Wichtiges zu erledigen. Mister Genter war, soweit ich erfahren habe, der Besitzer von Haus Nummer achtzehn und nur von einem Haus. Keine sonstigen Geschäfte oder gute Verbindungen zu irgendjemandem. Überhaupt konnte man kaum etwas über ihn erfahren und laut den Erzählungen der beiden musste er ein sehr langweiliger Mann sein. Er selbst wohnte in demselben Haus wie seine Mieter, doch sicher war seine Wohnung um einiges moderner und nicht so verrottet. Jetzt war ich angekommen. Energisch klopft ich an die Tür und bereitete mich vor, ihm die Meinung zu sagen. Sicherlich war er nur einer dieser mittelmäßig reichen Kerle, die dachten, ihnen gehöre die halbe Welt. Dem würde ich es zeigen.

„Bin gleich da!", ertönte eine Stimme aus der Wohnung. Dann schepperte es laut und Glas klirrte. Was zur Hölle war da los? Er drehte den Schlüssel im Schloss und öffnete die Tür einen Spalt breit. Ein Mann, dessen Geisteszustand ich sofort anzweifelte, stand direkt hinter der Tür. Unordentliches Haar und ein Bart, der ihm im halben Gesicht klebte. Kaputte Brille und ein Pyjama, auf dem mehr Essen klebte als auf einer Festtafel. Ich hatte mich bestimmt an der Tür geirrt. Das konnte er definitiv nicht sein. „Ich suche Mister Genter. Wissen Sie, wo er wohnt?"

„Ich ... bin Mister Genter ... Also ... äh ... wieso ... sind Sie ... hier?" Das sollte der fiese Vermieter sein? Unmöglich. Bestimmt war der Vermieter sein Vater, Bruder, Sohn, Onkel oder sonst etwas. Aber nicht dieser minderbemittelte Kerl, der so wirkte, als käme er gerade aus der Irrenanstalt.

„Sind Sie der Vermieter oder wo kann ich ihn treffen?"

„Vermieter? Äh ... ja … ich bin ... auch Vermieter. Sie können mich … hier treffen." Entsetzt starrte ich ihn an. Er war Mister Genter, der rücksichtslose Vermieter? Na gut, es gab auch gespaltene Persönlichkeiten …

„Also gut. Wieso haben Sie die Miete erhöht?"

„Miete? Äh … die Hausmiete … auch teurer. Musste die Wohnungsmiete … erhöhen. Anders unmöglich."

Es war wirklich anstrengend, sein Gestotter zu entziffern. „So wie ich Sie verstanden habe, wurde die Grundstücksmiete erhöht. Und deshalb müssen die Mieter dieses Hauses auch mehr zahlen. Stimmt das, Mister Genter?"

„Ja." Er nickte mehrmals eifrig.

Jetzt hatte ich ein Problem. Ich hatte gehofft, dass er sich wie Mister Lerons verhalten würde. Doch dieser vollkommen verängstigte Mann mit deutlichen Sprachproblemen konnte wohl genauso wenig daran ändern wie ich. Mist.

„Und wie heißt der Grundstücksbesitzer?"

Entsetzt starrte mich Mister Genter an.

„Evil. Duke ... Devilius ... Evil."

Tag 22

Hass
nur Hass
entstanden aus allem
gefunden durch so vieles
gespürt von ein jedem Menschen
ist das stärkste und schlimmste Gefühl
unter einigen hundert, die ebenfalls vernichten können
doch nicht nur ein Gefühl, auch eine Entscheidung
denn Hass ist nicht nötig, und dennoch rücksichtslos vernichtend
es ist nicht unbedingt eine falsche Entscheidung, nein
doch eine Entscheidung und kann viel verändern
in Hass gesagte Worte sind gesagt
darin getane Taten sind getan
ändern ist zu spät
so viel Falsches
In Hass
Liebe

Hass. Welch ein Wort. Sicherlich hatte jeder schon einmal jemanden gehasst. Doch es zu sagen, ändert vieles. Wie viel tat und sagte man in Hass, was bereuenswert war. Wie Elisabeth. Wie viel hatte sie schon gesagt, ohne zu denken. Oder wie viel hatte sie schon gedacht und es ausgesprochen. Viel. Zu viel. So viel mehr als ich. Ich hasste Worte.

Worte. Worte bedeuteten ihr wohl alles. Ich konnte Worte nicht im Geringsten leiden. Man konnte damit mehr verletzen, als mit Taten. Doch unausgesprochene Worte hatten dennoch eine Bedeutung. Ich liebte das Schweigen, die Stille. Stille war perfekt. Worte gaben allem erst die Bedeutung, die alles hatte. So wie Hass. Ohne Worte wäre Hass nicht Hass, sondern vielleicht etwas anderes. Ich hasste alles. Ausnahmslos alles.

Tag 22 – Hasserfüllt

Mit Sorgfalt stapelte ich meine Hemden in den Schrank zurück, nachdem ich das gerade gewaschene nach ganz unten gelegt hatte. Nun konnte ich mich wieder dem Essen widmen, das ich gerade zubereitete.

Also ging ich in die Küche zurück. Vorsichtig schnitt ich die Kanten des Krustenbrotes ab und betrachtete den Stapel. Nein, das war nicht annähernd ordentlich. Wo war nur mein Geodreieck geblieben? Darauf achtend, nur auf die roten Kästen des Karomusters meines Teppichs zu treten, ging ich ins Schlafzimmer zurück. Irgendwann sollte ich mir einen einfarbigen Teppich besorgen, die Farben waren einfach verwirrend. Ich öffnete Schrank Nummer drei, Schublade Nummer siebzehn. Unter all den Linealen und Gradmessern ein Geodreieck zu finden, war Schwerstarbeit. Vor allem, da alles seine Ordnung behalten musste. Es musste einfach so sein. Als ich es gefunden hatte, ging ich in die Küche zurück und legte das Geodreieck an. Tatsächlich, die Winkel waren nicht neunzig Grad groß! Mich über mich selbst ärgernd schnitt ich es deshalb noch einmal perfekt zu, bevor ich jedes Brot einzeln nachmaß. Bei solch wichtigen Angelegenheiten konnte ich mir schließlich keinen Fehler erlauben. Ich stellte nun den letzten Teller auf dem Tablet ab und ging zur Tür hinüber und schloss auf. Vorsichtig hob ich das Tablett hoch und ging hinaus. Mit einer Hand die Tür zu schließen, war zwar schon kompliziert, aber solange ich sie mit der anderen öffnete, war es immerhin schön symmetrisch.

Ich klopfte. „Verschwinde, Volltrottel!" Elisabeth ging es also wieder bestens. Mit dem Ellenbogen stieß ich die Tür auf und trat ein. Was für eine Unordnung; sie sollte sich glücklich schätzen, dass ich sie nicht aufgrund dessen tadelte und die gesamte Wohnung aufräumte, bis sie perfekt war. Aber Elisabeth würdigte nie etwas von dem, was ich tat, woran ich mich gewöhnt hatte. Eleonore war fast genauso gewesen.

„Verschwinde, habe ich gesagt! Ich hasse dich, du verdammter Idiot!" Sie wirkte beinahe so aufbrausend wie beim ersten Treffen. Sie krallte sich an ihrem Sofa fest, als wäre es der letzte Halt überhaupt. Das würde wirklich unschöne Falten geben.

„Ich bringe nur kurz das Essen vorbei", erwiderte ich knapp und tonlos. In ihre Hasstirade einzustimmen hätte sowieso nichts gebracht und zudem musste ich um Punkt sieben Uhr einkaufen gehen, so wie jeden Tag. Ihretwegen würde ich meine Routine nicht unterbrechen. Alles musste perfekt wie immer sein.

„Verschwinde, du Teufel! Ich will dich hier nicht sehen!" Mittlerweile kam mir die Situation ein wenig suspekt vor. Dass sie grundlos auf mich ein schimpfte, war bei Frauen zwar vermutlich normal, aber Teufel hatte sie mich noch nie genannt. Meistens blieb sie bei Volltrottel, offenbar ihr Lieblingsschimpfwort. Dass es etwas mit meinem Namen zu tun haben musste, weshalb sie hier ausrastete, war mir also klar. Ich wusste auch nicht, wieso sich so viele daran störten.

„Was ist dieses Mal mit dir los?", fragte ich in möglichst einfühlsamem Ton nach, auch wenn viele meine Interpretation leider falsch verstanden. Soviel ich wusste, klang ich dabei wohl ein wenig überheblich. Aber ändern werde ich niemals etwas an meinem Tonfall, nur wegen ein paar minderintelligenten Personen.

„Was los ist? Du fragst, was los ist? Alles ist los! Verdammte Scheiße, ist lügen dein einziges Talent?"

Wieso unterstellte sie mir eigentlich immer, dass ich log? Ich log äußerst selten, da es ein Ungleichgewicht darstellte. Ich hasste Unordnung. Und Unordnung umfasste für mich alles. „Durchaus nicht."

„Dein verfluchter Vater besitzt Trewlancey förmlich! Absolut jeder Vermieter hier redet nur von Duke Evil, dem großen Besitzer von allem möglichem. Und ich dachte, alle würden dich nur nicht leiden können wegen deinem scheiß Namen und deinem verdammten Benehmen und weil du nicht alle Tassen im Schrank hast! Nein! Unser lieber James Devil ist natürlich stinkereich und sein Vater besitzt nicht nur diese Stadt von der Fläche her, nein, auch noch ein dutzend andere! Und du tust hier so, als wärst du der arme, von der Familie abgeschobene junge Mann, der eigentlich ganz nett sein kann. Aber das bist du nicht und wirst es nie sein! Du bist verdammt noch einmal reich und kannst mit einem Wort die Stadt zertrümmern oder retten. Aber was tust du? Nichts! Benimmst dich wie ein Irrer und schleimst dich bei jedem hier ein. Du bist zum Kotzen! Du bist ein Nichts, ein Niemand!"

Sie hatte Recht. Sie hätte sich mit Herr Vater sicherlich gut verstanden, wenn sie nicht seine Machenschaften missbilligt hätte. Sie redete genau wie er. Nur wahre Worte. Fast wahre. Ich hatte keinen Kontakt zu meiner Familie, aber weshalb sollte ich es ihr erklären? Weshalb sollte ich es ihr erklären, dass die Wohnung und fünftausend Pfund das einzige waren, das ich zum Abschied von Herr Vater bekam? Die Leute sollten mich hassen, ich hatte es nicht anders verdient. Ich war bloß ein neurotischer Versager, dessen Leben auf quadratisch geschnitten Broten, geputzten Fluren und nicht änderbaren Angewohnheiten bestand. Bis auf eine winzige Kleinigkeit hatte sie vollkommen Recht.

„Vielen Dank."

„Vielen Dank! Wofür Dank? Dass ich dich anschimpfe, während du nur einfach dastehst? Oder dafür, dass ich dir die Wahrheit gesagt habe? Ich hasse dich, James Devil! Ich hasse dich wie niemanden sonst!"

Was hätte ich sonst erwidern sollen? Ich wusste es nicht. Worte lagen mir nicht. Ich wollte nicht die falschen nutzen und Höflichkeit ist bekanntlich niemals falsch. Ich wusste auch nicht, wieso sie so reagierte. Andere Menschen waren seltsam.

Ich stellte das Tablett ab, das mir langsam zu schwer wurde und drehte mich wieder zur Tür. Bloß nicht ins Gesicht schauen. Woandershin, an einen Ort, der wieder das innerliche Gleichgewicht erstellte. An einen Ort schauen, der die Unordnung beseitigte. Ordnung war das Wichtigste im Leben. Das einzig Wichtige.

„Auf Wiedersehen, Elisabeth. Und vielen Dank. Vielen Dank für alles und für nichts." Ich wusste auch nicht, wofür.

„Und? Hasst du mich nun auch? Willst du nicht herumschreien und beleidigen? Willst du nicht wütend werden, wie jeder normale Mensch?"

„Ich hasse dich nicht, Elisabeth. Und wie du längst erfahren hast, bin ich in keinerlei Hinsicht wie jeder normale Mensch, was auch immer das heißen mag."

Hass verdiente wirklich nur ich, niemand sonst. Und auf keinen Fall Elisabeth, so seltsam sie auch war.

Tag 21

Behind every word is a meaning.
Behind every day is time.
Behind every move is a feeling.
Behind every poem is not only a rhyme.

Behind a beautiful rose can be the fire,
and behind a friend can be a lyer.
Behind a story can be the truth
and maybe behind me there's my friend, you.

Behind, that's just a word
but it shows all.
There's always something behind,
even if before this is a wall.

Behind you is not a friend.
There's just an enemy with a knife in his hand.
If you don't look behind, you won't see him.
And because he never takes time to look in your heart,
it will be easy for him to kill.

It's just a word, but so much more.
Behind.
And you always have to search for
what's behind.

Behind. Dahinter. Es gab so viel dahinter, dass ich
niemals herausfinden wollte und würde. Mich hatte
noch nie interessiert, was andere zu dem trieb, was sie

taten. Wichtig war immer nur gewesen, was geschah, nicht weshalb es geschah.

James war heute nicht gekommen. Den ganzen Tag nicht. Und auch einkaufen war er nicht gewesen. Ich wusste auch nicht, wo er war. Ich hätte froh sein sollen, diesen Idioten nicht sehen zu müssen. Ich hasste ihn doch. Und dennoch ... Irgendwie fehlte er mir. So furchtbar nervig und anhänglich, wie er war, wusste ich nicht, weshalb ich so an ihm hing. Es war seltsam - wenn er da war, störte er mich und wenn nicht, vermisste ich ihn.

Fälle über Fälle hatte ich den Tag über erhalten. Die Wiedergeburt eines Engels hatte sich offenbar schon herumgesprochen. Viele, die über hohe Mieten klagten, ein paar alte Leute mit ihren Wehwehchen und ein Mädchen, das Engel für Gehilfen des Weihnachtsmanns hielt und um eine große schöne Puppe mit Redefunktion gebeten hatte. Vielleicht würde sie auch so eine bekommen, wer wusste schon?

Doch außer meiner neuen Arbeit gab es absolut nichts für mich zu tun. Niemand, mit dem ich mich streiten konnte und niemand, bei dem ich mich ausheulen konnte. Um mich herum nur Leute, die von mir Perfektion erwarteten, wie schon immer.

Vielleicht hatte hinter seinen Worten doch mehr gesteckt, als ich dachte. Vielleicht hatte er auch nicht gelogen. Doch nun war er weg, weil er mich nicht ausgehalten hatte. So wie alle. Ich wünschte, er käme zurück. Ich wünschte, ich könnte meine Worte zurückdrehen. Ich wünschte, ich hätte diesen dritten Fall nicht angenommen.

Tag 21 – Immer Wieder Einsam

Ich war allein, einsam. Gestern noch hatte ich James angeschrien, so sehr ich nur konnte. Ich hatte ihm alle Beleidigungen der Welt an den Kopf werfen wollen. Ich hatte ihn gehasst, so sehr es nur ging. Das war jetzt vorbei. Ich wusste auch nicht, weshalb sich das geändert hatte. Es war … unerklärlich.

Nach dem Streit war ich so aufgewühlt gewesen, dass ich keinen klaren Gedanken fassen konnte, doch mittlerweile war ich wieder zu der mir so wohlbekannten Einsamkeit zurückgekehrten, zu sich immer wiederholenden Gedanken und Vorwürfen an die gesamte Menschheit und vorwiegend an mich selbst. Ich hatte tatsächlich am Abend und auch am Morgen gewartet, um mich zu entschuldigen. Doch James war nicht gekommen. Nicht einmal gegen sieben Uhr habe ich ihn seine Wohnung verlassen hören, auch wenn er sonst immer die Pünktlichkeit in Person gewesen war. Eigentlich wusste ich nicht einmal, ob er überhaupt zuhause war, da ich kein einziges Geräusch von nebenan vernehmen konnte.

Ich war allein, einsam. Nur ich und meine Schuld. Ich war schuld daran, dass Eleonore gesprungen war; dass ich sie verloren hatte. Ich war schuld daran, dass James gegangen war, der wohl einzige Mensch hier, dem noch etwas an mir gelegen hatte. Ich war schuld an allem möglichen und es gab keinen Weg, das alles wieder gut zu machen. Ich hatte versagt.

Tag 20

Nichts ist,
wie es ist,
und wie es war,
alles ändert sich,
und bleibt dennoch gleich.
Alte Zeiten ändern sich,
rasen schnell vorbei,
denn ein nichts,
bleibt wie es ist,
oder wie es scheint.
Alte Zeiten ändern sich,
für dich und für mich,
denn nicht ist,
wie es ist,
wie es war,
für mich.

Zuhause. Ich war zuhause angekommen. Dieselben hohen Decken, von Marmorsäulen gestützt, und dieselben Wachen vor dem Tor, in feinsten Anzügen gekleidet, als würden sie zu einem Ball gehen. Und auch derselbe abschätzige Blick, wenn sie mich betrachteten, als würde ich nicht in dieses vornehme Haus gehören. Sie hassten mich, wie so viele, sogar Elisabeth. Aber sie würde mir nun nie wieder vorwerfen können, dass ich am Unheil von Trewlancey Schuld sei. Selbst wenn es hieß, dass ich dafür zu Herr Vater zurückkehren musste.

Herr Vater würde begeistert sein, mich wiederzusehen. Vermutlich würde das Erste, was er tun würde, ein

Griff zum Telefon sein, um in seiner Zeitung durch seine Reporter einen schönen Artikel über die Heimkehr des verlorenen Sohnes zu schreiben. Er hasste es, vor der Kamera lächeln zu müssen. Doch er würde es tun und wieder hemmungslos für nun neue Arbeitsstellen in seinen neuen Betrieben, die ich vermutlich übernehmen würde, zu werben. Wozu ihm all der Reichtum eines Tages nutzen würde, wusste ich auch nicht, doch er wollte so viel, wie er bekommen konnte. Auch, wenn er sich dafür mit seinen Kindern abgeben musste. Man konnte ihn nicht verstehen.

„Willkommen, James Niemand."

Ich drehte mich um. Da war er schon. Angewidert betrachtete er mich und in seiner Stimme schwang Hohn mit. Da ich die Familie aus freien Stücken verlassen hatte, war ich für ihn kein echter Evil mehr. Nicht mehr bedeutend, um es anders auszudrücken.

„Ich erfreue mich zutiefst an dem Wiedersehen mit Ihnen, Herr Vater", erwiderte ich und verbeugte mich. Keiner von uns beiden erfreute sich wirklich daran, doch jeder hat seine Aufgabe im Leben zu erfüllen. Und wenn ich nur Nutzen hatte, indem ich meine Familie ertrug, dann war es ebenso. Es gab sowieso keinen anderen Ort, an den ich noch gehen konnte. Ich hatte alles verloren, jämmerlich versagt, einfach aufgegeben. Vielleicht würde ich so einen Nutzen haben, so sehr es mir auch davor graute. Kein Mensch auf der Welt konnte bedeutungslos sein. Nur ich hatte es geschafft. James Niemand, James Namenslos, James der große Verlierer, James Nutzlos.

Tag 20 – Geschäftsbedingungen

„Setz dich, James", sprach Herr Vater abfällig.

Mein Blick wanderte die lange Tafel entlang. Ich musste die Stühle geraderücken und die Teller standen auch nicht in einer Linie. Nun gut, eigentlich hatte nichts eine Ordnung, weshalb ich seiner Aufforderung erst relativ spät nachkam. Die Tafel war aber auch allzu lang und als Lord musste ich ein Vorbild sein.

Nachdem ich mich endlich gesetzt hatte und das schallende, bösartige Gelächter von Herr Vater verklungen war, begann ich. „Es wäre sicherlich von äußerst großem Nutzen, zuerst zum Geschäftlichen überzugehen, Herr Vater. Sie wären sicherlich interessiert, welchen Vorschlag bezüglich Ihrer Unternehmen ich Ihnen zu unterbreiten habe, Sir."

„Derselbe verrückte kleine Junge, wie er aus dem Haus verschwunden ist. So jämmerlich. Wenigstens vernünftige Worte habe ich ihm beigebracht. Doch immer klingt er, als würde er sich über mich stellen. Was für ein jämmerlicher Versager. Und sieh mir in die Augen, wenn ich mit dir rede, James!"

„Ja, Sir. Natürlich, Sir." Ich blickte ihn an.

„Und, was hast du zu sagen?"

„Ich würde gerne die Grundstücke, auf denen Trewlancey steht, erhalten."

„Ich würde gerne, ich würde gerne. Habe ich dir keine Ausdrucksweise beigebracht, du abscheulicher Jammerlappen? Ich bitte untertänigst darum, soll es heißen. Nur ich darf hier etwas verlangen! Ich und niemand sonst! Ich bin Duke Evil, du Niemand!"

Hoffnungslos versuchte ich, mich so klein wie nur möglich auf diesem Stuhl zu machen, doch auch die abnormale Entfernung ließ mich seine Worte nicht überhören. Er schrie so laut, dass jeder Diener zusammenzuckte, nur um im nächsten Moment wieder ruhig und nett zu sein, soweit man ihn als nett bezeichnen konnte. Am liebsten hätte ich mir die Ohren zugehalten, doch ich wusste, wie sehr er es hasste. Wie sehr er mich hasste und das schon von dem Tag an, an dem ich geboren wurde.

„Ja, Sir. Natürlich, Sir. Ich entschuldige mich vielmals für mein Verhalten, Sir. Es wird nicht wieder vorkommen, Sir. Sie haben vollkommen Recht, Duke."

„Es geht doch, James Niemand. Was erhalte ich nun im Gegenzug? Oder denkst du, ich werde mich von einer Heulattacke eines Versagers erweichen lassen?"

Mit Mühe unterdrückte ich das Zittern und meiner Stimme und verkniff mir die Tränen. Es würde ihn nur wieder zur Wut bringen. „Ich werde vielen Bedingungen zustimmen, wenn mir dieses Stück Land gewährt wird. Ich werde mich meinen Verpflichtungen am Hofe Evil beugen, Sir. Ich bin dazu bereit, die Aufgabe zu übernehmen, der ich mich vor Jahren verweigerte. Es gibt keine Entschuldigung für mein jämmerliches Verhalten, Herr Vater, dem bin ich mir vollends bewusst. Doch ich werde die Aufgabe übernehmen, die mir schon vor geraumer Zeit hätte übernehmen sollen. Sie hatten Recht, Duke Evil, Sir."

Während meiner kurzen Rede zweifelte ich daran, ob ich das Risiko wirklich eingehen sollte. Herr Vater verlangte immer viel und er kannte gefährliche Leute, falls ich ein zu großes Risiko einging. Ich wollte nicht an seiner Seite stehen und sein schreckliches Lachen hören, während er entschied, tausenden Menschen ihre Lebensgrundlagen unter den Füßen wegzuziehen. Doch es gab für mich nur diesen einen Platz auf der Welt. Ich war ein Niemand und sollte mich seiner Güte dankbar schätzen. Ich sollte, wohlbemerkt, denn allein seine Anwesenheit jagte mir schon Angst ein.

„Ich gewähre dir deinen jämmerlichen Wunsch, James Niemand. Doch wie du sicher schon ahnst, habe ich viele Forderungen. Die erste ist, dass du dich der Öffentlichkeit stellst und dich nicht wieder in irgendeinen düsteren Zimmer im Schloss versteckst, um aufzuräumen. Die zweite ist, dass du einige meiner Firmen offiziell übernimmst. Die dritte ist, dass du niemals, und ich wiederhole, niemals das Schloss ohne meine Zustimmung verlässt. Die vierte ist, dass du in einer Einverständniserklärung unterzeichnest, dass die absolute Kontrolle deiner Besitztümer mir obliegt, und das bis zum Ende deines Lebens. Und die fünfte und letzte Forderung ist, dass du innerhalb eines Jahres heiratest und zwar eine Millionärstochter, egal, welche du dir auch aussuchst."

Ich zuckte bei jedem seiner Worte zusammen. Ich sollte Verantwortung übernehmen, wo ich mich nicht einmal um mich selbst kümmern konnte. Ich war ein Niemand und bekam dennoch eine zweite Chance. Unter Bedingungen. Doch diese Bedingungen war ich gewillt anzunehmen. Elisabeth hatte Recht gehabt; ich hatte in Trewlancey nichts zu suchen. Doch sie hatte nicht Recht gehabt, als sie sagte, ich würde alles zerstören. Ich würde Trewlancey retten, koste es, was es wolle. Es bedeutete Elisabeth einfach so viel.

Tag 20 – Zurück

Ich fiel seitwärts vom Bett auf den Fußboden, wobei mich erst der auf mich herunterfallende Tisch aufweckte. Die Sonne schien durchs Fenster. Verschlafen. Mist. Doch wieso stand kein Frühstück auf dem Tisch? War James immer noch nicht zurückgekehrt? Also langsam hatte ich wirklich Hunger. Er hätte wenigstens mit etwas Essbarem vorbeikommen können. Ziemlich laut ächzend drückte ich mich vom Boden hoch und begutachtete mich. Ein paar Splitter und Kratzer hatte der Tisch hinterlassen und natürlich einen schönen blauen Fleck, aber nichts Ernstes. Und bevor ich mir Sorgen machte, musste ich mir erst einmal etwas Essbares besorgen. Und da bisher die Futterquelle bei James gewesen war ...

„Bist du da?", fragte ich und klopfte an. Keine Antwort. Tja, da die Schlüssel passten, musste er mir eigentlich auch nicht aufmachen. So eingeschnappt, dass er mich ignorierte, hätte ich ihn mir nicht vorstellen können. Na gut, vielleicht hatte ich ein bisschen überreagiert. Aber wenn, dann nur ganz wenig. Ich schloss auf und stieß die Tür auf. Niemand da. „Hallo?", rief ich, doch immer noch keine Antwort. Munter spazierte ich durch die Wohnung, die wohl größte des Hauses. Alle anderen Stockwerke hatten drei Wohnungen, nur hier gab es zwei. Und bei seinen zwei Zimmern, Küche und Bad kein Wunder. Und noch dazu alles so sauber, ordentlich und gut möbliert. Niemand war da, also sah ich mich etwas besser um. Neugierig öffnete ich einen der Schränke. Für so riesige Möbel hatte er reichlich wenig Sachen. Und alles so ordentlich gestapelt noch dazu. Ich wusste nicht annähernd, wieso sich Menschen so große Mühe machten, Ordnung zu halten, wenn Leute wie ich diese Ordnung sowieso ruinierten. Vielleicht konnte er mich deshalb nicht leiden. Nachdem ich seine Schränke durchgekramt hatte, ging ich in die Küche zurück. Der Hunger war doch zu groß, als dass ich mich mir diesen Kinkerlitzchen beschäftigen konnte. Doch auch dort war kaum etwas. Ein Laib Brot und zwei Packungen Wurst. Mehr nicht. Und dabei würde ich niemals davon satt werden. Nun öffnete ich auch noch den Kühlschrank, um dort zu suchen. Nichts. Besser gesagt nichts, bis auf einen einzigen Brief.

„Elisabeth,

da ich glaube, dass du früher oder später meine Wohnung nach ein wenig Essen durchforsten wirst, schreibe ich dir diesen Brief, um dich zu informieren.

Wie du sicherlich bereits bemerkt hast, bin ich fort. Ich komme auch nicht mehr nach Trewlancey zurück. Du hattest Recht, ich gehöre nicht hierher. Aus diesem Grund kehre ich zu Herr Vater zurück. Meine genauen Vorhaben sollten dich nicht interessieren, doch glaube mir, ich habe nie gelogen.

Etwas zu essen findest du im Geheimfach im Schrank. Einfach nur das Brot ganz nach hinten schieben und es wird sich öffnen.

Ich wünsche dir weiterhin viel Glück in deinem Leben, mögest du etwas damit angefangen können.

Dein

James"

Das Papier war eiskalt und irgendwie wirkten die Worte traurig. Er würde nicht mehr zurückkommen. Und dabei vermisste ich diese schreckliche Nervensäge jetzt schon. Doch er hatte sich entschlossen. Es war nicht meine Aufgabe gewesen, ihn davon abzuhalten. Jedoch war es auch nicht meine Aufgabe gewesen, ihn fortzuschicken. Was kümmerte mich dieser Fremde überhaupt? Ich kannte ihn gerade einmal zehn Tage lang, die ich mit Fug und Recht als ein paar der Schlimmsten meines Lebens betiteln konnte. Seit er da war, hatte er mich nur in den Wahnsinn getrieben und mich zum Weinen gebracht. Doch in diesen zehn Tagen war er mir auf seine obskure Art und Weise irgendwie ans Herz gewachsen.

Ich gehöre nicht hierher. Ja, das stimmte. Doch es traf genauso auf mich zu. Die Leute hier brauchten mich, doch nicht, weil ich wirklich etwas Besonderes war, sondern weil sie sich an irgendetwas festklammern wollten. Wäre jemand anderes mit meinem Namen und meinem Aussehen gekommen, hätten sie denjenigen sofort wie mich behandelt. Ich war nicht Besonderes, so wie James. Das neunte Stockwerk von Haus siebzehn würde wohl bald vollständig freistehen. Ich gehörte nicht hierher. Ich war irgendjemand, der einfach zum richtigen Zeitpunkt am richtigen Ort war. Newcastle war meine Heimat, nicht Trewlancey.

„James, ich werde auch zurückkehren", flüsterte ich, wohlwissend, dass er es niemals hören würde. Doch anstatt mit Freude erfüllte mich der Gedanke an Zuhause mit Wut. Wut auf all die Menschen, die mich jahrelang kannten und trotz allem, was sie verlangten, mir nicht einmal vorspielten, mich zu mögen. Ganz anders als hier. Wie würde es wohl sein, wenn ich zurückkehrte? Würde man mich mit Freude empfangen oder würde man mich verwünschen, wie bei meinem Aufbruch? Wie war wohl James erstes Wiedersehen mit seiner Familie gegangen? Würde er wirklich niemals zurückkehren? Würde ich ihn jemals wiedersehen? Ich wusste nicht, ob er die schlechten Zeiten in Trewlancey verursacht hatte, die ich hier miterlebte oder ob die schlechten Zeiten in Trewlancey mich erst zu dieser Abneigung ihm gegenüber gebracht hatten. Ich war einfach wieder allein und wieder war es meine Schuld. Ich schaffte es einfach immer wieder, alle von mir wegzustoßen.

Allein. Immer wieder war ich einfach allein. Und dabei hasste ich es so sehr, allein zu sein. Nicht einmal meine Familie konnte mich leiden. Niemand hielt es mit mir aus. Nicht einmal James.

„Ich gehöre nicht hierher", wiederholte ich noch einmal leise. Und es stimmte.

Tag 20 – Vater und Sohn

Herr Vater öffnete die Tür und legte einen Ordner auf den Tisch. „Guten Tag, Herr Vater. Wie ist Euer Befinden heute, Sir?" Ich versuchte, so freundlich wie nur möglich zu sein.

„Ausgezeichnet, James, Ausgezeichnet. Doch du erinnerst dich sicherlich noch an Punkt vier unseres Vertrages?" Ein kalter Schauer lief mir über den Rücken. Offenbar hatte er schon die Liste an passenden Ehefrauen zusammengestellt. Schon einmal musste ich diese durcharbeiten, und hatte doch zu seiner Enttäuschung keine passende gefunden. Viele, die er trotz meiner Ablehnung hierher geschickt hatte, waren einfach nur hochnäsig oder komplett naiv gewesen. Dass meine beiden Brüder geheiratet haben, war schon verwunderlich, denn anfangs hatten sie eine ähnliche Abneigung empfunden wie ich.

„Natürlich, Sir." Innerlich bereitete ich mich schon auf einen langen Monolog seinerseits vor. Er würde sicherlich nur die reichsten jungen Damen ausgesucht haben, deren Väter meist Freunde von ihm waren, insofern man seine Vorstellungen von Freundschaft mit den gängigen vergleichen konnte.

„Nun gut." Er klappte den Ordner auf und sofort stach mir ein breites falsches Grinsen ins Gesicht.

„Michelle Kramper. Tochter von Nolan Kramper. Besitzt einen Wert von einer halben Milliarde. Gut gebaut, noch nie vergeben und ihr Vater ist bereit, sie an dich zu verheiraten, soweit sie mit zwanzig Prozent an jedem Gewinn aus baldig ihren und deinen Firmen beteiligt wird. Die bestmöglichste Option."

Übelkeit stieg in mir während seinen Worten hoch. Nein, sie kam sicher nicht Frage, so wie auch jede andere in seiner ellenlangen Liste der Vorschläge.

„Ich würde gerne die anderen Vorschläge hören, bevor ich mich entscheide, Sir."

„Nun gut." Herr Vater blätterte die Seite um. Die nächsten zehn Minuten bekam ich kaum mehr mit, da sie sowieso alle gleich waren, egal, ob sie nun Michelle, Catherine oder Ella hießen. Der Wert von jeder betrug zwischen fünf Millionen und einer Milliarde. Es war wirklich großzügig von Herr Vater, mir auch die schlechten Angebote zu unterbreiten, wo es letztes Mal doch wenigstens fünfundzwanzig Millionen sein sollten, in die ich hereinheiraten sollte.

Die Seiten, die ich ablehnte, wurden mehr und die, die übrigblieben, weniger. Nur noch fünf Angebote hatte er für mich, von denen ich eine bis zum Wochenende einladen musste.

„Elisabeth Angel. Tochter von Henry Rancester, dem kürzlich verstorbenen Multimillionär, einer meiner engsten Freunde. Besitzt einen Wert von einer halben Milliarde Dollar, auch wenn dies noch nicht öffentlich bekannt ist. Sie selbst hat den genauen Wert noch nicht erfahren, da sie erst an ihrem Geburtstag darauf zugreifen kann. Gut gebaut, wenn auch zu dick, leider sehr chaotisch und nicht sehr diszipliniert, dafür aber naiv und durch den kürzlichen Verlust ihrer Schwester stark erschüttert. In den nächsten Wochen wäre die ideale Chance, um sie zu einer Hochzeit zu überreden. Die Bedingung von ihrem Vater war, bevor er verstorben war, dass Kinder aus dieser Verbindung entstehen müssen, die seinen Namen tragen sollen. Ob eigene oder adoptierte ist dabei irrelevant."

„Auf keinen Fall! Entschuldigung, Sir, allerdings würde ich diese Person unverzüglich aus der Liste entfernen." Verwundert musterte mich Herr Vater. Sicherlich hatte er sich große Chancen erhofft, dass ich diesem Vorschlag zustimmen würde. Doch ich und Elisabeth – das war unmöglich! Nie im Leben würde ich sie so ausnutzen. Außerdem würde sie sicherlich auch nicht zustimmen, so wütend wie sie auf mich gewesen war bei unserem letzten Aufeinandertreffen.

„So wie du darauf reagiertest, würde ich sie doch in der Liste lassen, bis du mir einen triftigen Grund zur Entfernung aus ebendieser berichtest. Natürlich, dieses Mädchen hatte nie viel Benehmen gehabt und ihre Putz- sowie Kochkünste lassen deutlich zu wünschen übrig, wie ich es auf einem Weihnachtsessen bei meinem werten Freund unerfreulicher Weise am eigenen Leibe erfahren musste, aber dies ist kein Grund, die halbe Milliarde Pfund abzuschlagen."

Ich schluckte. Wie sollte ich ihm nur erklären, dass ich sie schon kennengelernt hatte, ohne anzudeuten, dass sie der Grund für meine Rückkehr war? Er wäre entzückt gewesen und hätte sie sofort eingeladen.

„Es gibt eben diese beiden anderen reichen Kandidatin mit einem ebenso großem Vermögen ..."

„Michelle und Gabriella, beliebtest du das zu sagen, James?" Er klang gespannt.

„Ja, Sir. Und beide sind durchaus ..." Ich suchte nach passenden Argumenten, fand jedoch nichts, was nicht ebenso auf Elisabeth zutraf. Und auch wenn ich Lügen verabscheute, musste ich letztendlich zu einer greifen. „Sie sind beide viel hübscher und würden in den Augen der Presse ein sicherlich besseres Bild abgeben."

„Also gut, James. Dann hast du dich für diese beiden entschlossen. Ich freue mich sehr, dass du vernünftig wirst und dein Schicksal anerkennst."

„Noch nicht vollends, Herr Vater, allerdings könnten wir zum Wochenende eine der beiden einladen. Ich werde mir in den nächsten Tagen überlegen, welche wir hier zum Diner willkommen heißen werden."

Ein kurzes kaltes Lächeln huschte über Vaters Gesicht, bevor er den Ordner zuklappte. „Ich wusste, du würdest dich entscheiden, mein Sohn. Es ist die richtige Entscheidung, mein Lieber."

Mein Sohn. Wie sehr verabscheute ich es, wenn er das sagte. Für ihn war es ein Lob, doch der Blick, der dabei an mir haftete, war weder familiär noch freundlich. Im Gegenteil, er sah mich an wie einen seiner Arbeiter, die gerade von ihm gekündigt worden waren. Er zeigte damit auf, dass er gewonnen hatte und nicht, dass er jemanden wirklich wertschätzte.

„Vielen Dank, Herr Vater. Es war sehr angenehm, mit Ihnen Geschäfte zu machen."

„Natürlich, mein Sohn. Ich freue mich, dass du langsam dein Erbe antrittst und ein echter Evil wirst, wie wir schon seit Jahren von dir erwarteten."

Er ging und ließ mich allein im riesigen Saal zurück. Ich würde ein echter Evil werden. Das, was ich mein Leben lang vermeiden wollte. Aber es gab keinen anderen Weg für mich. Ich musste das Erbe antreten. Ich war sowieso schon hilflos verloren.

Ich sackte nach vorne und nichts hielt mich vom Fall ab. Der kalte Marmorboden ließ mich frösteln und innerlich fiel ich viel tiefer, als mein Sturz auf den Fußboden war. Es gab kein Zurück mehr. Ich war ein Evil und ich musste mein Erbe antreten, so wie es Vater immer gewollt hatte. Ich hatte einen Pakt mit dem Teufel aus dem Diesseits getroffen und daran konnte man nichts ändern.

Tränen tropften auf den Boden und mein feiner Anzug saugte sich damit voll. Ich wusste nicht, weshalb ich weinte, wenn doch alles schon vorbei war; wenn mein Schicksal doch schon entschieden war. Doch all die Verzweiflung floss aus meinen Augenwinkeln heraus, nur um sich in meine Kleidung zu saugen, die eine endlose Leere, die früher durch meine Seele gefüllt war, umhüllte. Ich war verloren.

Tag 19

F orever you will
R ate and hate me, there's nothing
I can change. You're my friend, dear
E nemy, you hate me, cause of many things
N ever you will change, what you think.
D ear enemy, why don't you tell what you really think?
S o I could go away, because there wouldn't be a bound
holding me anymore.

Ich hoffte so sehr, dass meine Freunde sich über ein Wiedersehen freuten. Wir waren zwar in Streit auseinandergegangen, doch Freundschaften sollte doch ewig halten. Ich hatte es einfach satt, allein zu sein. Ich würde mich für alles entschuldigen, was sie wollten. Ich würde auch meinen Onkel um Verzeihung bitten, dass ich einfach so gestürmt war. Sie würden Recht bekommen, egal, was sie auch sagten. Ich wollte nur nicht so allein sein. Ich gehörte nach Newcastle und sie konnten mich nicht abweisen. Newcastle war mein Zuhause, ich war da geboren, aufgewachsen und würde immer dort leben. Und Freundschaft konnte sich schließlich nicht ändern, richtig? Leute, für die ich alles tun würde, konnten mich nicht abweisen, nicht wahr? Es musste doch perfekt werden, oder? Ja, sicherlich. Sicher oder vielleicht? Vielleicht.

Tag 19 – Freund Oder Feind?

Ich sog noch einmal tief die Luft ein, bevor ich in das Gebäude hineinging. Wie lange hatte ich Cassandra nicht mehr gesehen? Nicht einmal zwei Wochen waren seit unser letzten Begegnung her, doch es fühlte sich schon wie mehrere Monate an. Ich freute mich schon sehr auf ein Wiedersehen mit meiner allerbesten Freundin. Natürlich, manchmal war sie ein bisschen ruppig und geizig, aber wir waren immerhin schon jahrelang befreundet. Sie würde sich sicher genauso über meine Rückkehr freuen wie ich.

Vor der Wohnungstür blieb ich stehen und klingelte. Um die Zeit war sie sicherlich zuhause. Wollte sollte sie auch sonst sein? „Hallo? Cassandra?"

Aus der Wohnung kam ein unverständliches Gemurmel, das in ein seltsames Geschimpfe überging. Erst nach einigen Minuten öffnete sich die Tür und meine beste Freundin, mal wieder vollkommen zerzaust und noch im Halbschlaf, trat heraus. Sofort nahm ich sie in den Arm. Es war einfach wunderbar, sie wiederzusehen!

„Cassandra! Ich freue mich so sehr ..."

„Ach halt die Klappe." Sie löste sich aus meiner Umarmung. Naja, ein wenig unhöflich war das schon, aber ich dachte mir nichts dabei. Sie war niemals so eine Person gewesen, die einen in den Arm nahm oder übermäßig freundlich war. Bestimmt hatte sie nur schlecht geschlafen.

„Cassandra, es tut mir wirklich leid, dass ich mich nicht sonderlich gut verhalten hatte. Aber ich entschuldige mich vielmals dafür."

„Es tut dir leid? Es tut dir wirklich leid?" Sie stemmte ihre Arme in die Hüfte und blickte grimmig drein. Ich wusste noch nicht, worauf sie hinauswollte.

„Ja, natürlich!" Ich wusste zwar nicht, wofür ich mich eigentlich entschuldigte, aber wenn sie dafür wieder mit mir befreundet sein wollte ...

„Du hast auch tausend Gründe, weshalb es dir leid tun soll! Du bist ein mieses Luder. Heulst einfach herum, wenn man dir die Wahrheit erzählt und blamierst mich in aller Öffentlichkeit. Wieso hast du mir das angetan? Da sag ich dir, dass deine stinkende und hässliche Schwester endlich tot ist und du beleidigst mich einfach als Lügnerin! Du hättest dich freuen sollen, dass du dieses Luder endlich losgeworden bist, aber nein, ich war natürlich wieder Schuld! Ich habe dir sogar angeboten, eine Handtasche zu kaufen, aber du hast einfach nur herumgeschrien und herumgeschrien! Weißt du wie mich die Leute angeschaut haben? Interessiert dich so etwas überhaupt? Und dann noch verschwinden ... Du bist einfach unmöglich! Du weniger Wert als der Dreck unter meinen Füßen."

Entsetzt starrte ich sie an. Das konnte doch nicht ihr Ernst sein! Sie war doch meine beste Freundin! Wir kannten uns doch schon Jahre! „Aber es ging mir wirklich nicht gut", erwiderte ich stotternd.

„Na und? Was interessiert mich das? Gibt dir das etwa den Grund, mich so zu blamieren?"

Ich stand einfach da und bekam kein weiteres Wort heraus. Ich suchte nach irgendetwas, das ihr Benehmen rechtfertigen könnte, aber ich fand nichts. Dabei waren wir doch Freunde gewesen!

„Du bist eine verdammte Egoistin! Du denkst nur an dich und blamierst jeden, so wie es dir gerade passt. Ich dachte, du hättest wenigstens ein bisschen Verstand. Aber nein! Unsere liebe Elisabeth ist natürlich stinkereich und hält sich dadurch wohl für etwas Besseres! Oder denkst du irgendjemand würde sich mit dir abgeben, wenn du ein armer Schlucker wärst? Immer spielst du allen vor als wärst du das liebe bemitleidenswerte Mädchen. Aber das bist du nicht und wirst es nie sein! Du bist verdammt noch einmal reich und bekommst allein dadurch Freunde! Und was tust du? Nur herumheulen! Benimmst dich wie eine Irre und schleimst dich bei jedem hier ein. Du bist zum Kotzen! Du bist ein Nichts, ein Niemand!"

„Aber ... aber wir sind doch Freunde!" Wieder sammelten sich Tränen in meinen Augenwinkeln. Sie war doch meine allerbeste Freundin!

„Wir waren die längste Zeit Freunde gewesen", antwortete Cassandra mir herablassend und knallte die Tür zu. Und schon wieder war ich allein.

Tag 19 – Wiedersehen

Die Klingel läutete und ich erhob mich vom Tisch. Die Teatime war schon vorüber, dennoch konnte ich ohne triftigen Grund nicht einfach gehen, weshalb ich das Klingeln als Chance sah.

„Setz dich, James", befahl Herr Vater und ich setzte mich wieder. „Ich bezahle nicht umsonst irgendwelche Penner von der Straße, um zu arbeiten. Merke dir eins für dein späteres Leben: Du sollst niemals eine Arbeit machen, die auch andere erledigen können. Adlige beschmutzen ihre Hände nicht. Verstanden?"

„Ja, Sir."

„Und?"

„Mister? Würden Sie bitte die Tür öffnen, Sir?", rief ich durch den Raum. Verwundert drehte sich der hier Angestellte um. Er schien mich nicht zu verstehen.

„Jämmerlich. Einfach nur jämmerlich." Herr Vater schüttelte den Kopf und bedachte mich mit einem verachtenden Blick. „Butler! Die Tür!"

„Natürlich, Sir", antwortete der schmächtige Kerl und eilte zur Tür hinüber. Seine Schritte hallten bis in den Saal, doch kaum dass sie verklungen waren, so waren sie schon wieder zu hören und der Angestellte trat in den Raum hinein.

„Es ist eine junge Dame, Sir. Soll ich sie hereinlassen?"

„Bist du bescheuert? Kann man überhaupt noch dümmer sein? Was ist so schwer daran, nach einem Namen zu fragen? Wie schafft man es schon am dritten Tag, sich vollkommen daneben zu benehmen?", fragte Herr Vater höhnisch, wobei er zum Ende hin immer lauter wurde. Der junge Bursche wich verschreckt zurück und ich wäre am liebsten aus dem Raum geflüchtet. Ich wusste, was ihn erwartete.

„Es tut mir so leid, Sir. Es tut mir wirklich leid. Ich werde es sofort erledigen. Ich bitte vielmals um Entschuldigung, Sir", stammelte er verzweifelt.

„Es tut dir leid? Es tut dir wirklich leid? Denkst du, das interessiert mich? Denkst du mich interessiert irgendetwas, was du sagst? Du bist ein Nichts! Du gehörst auf die Straße, du Abschaum! Elendiger Versager! Absolut nichts bekommst du auf die Reihe! Und weißt du, was dir leid tun müsste? Deine Kündigung, denn du bist gefeuert!", donnerte Vaters

Stimme durch den Raum. Vor Angst erstarrt saß ich einfach nur da und hörte ihm zu. Seine Wut war schon immer unkontrollierbar gewesen, dennoch erzitterte ich bei jedem seiner Wutausbrüche von Neuem.

Erst stand der gefeuerte Angestellte unentschlossen da, doch dann ging er doch im Eiltempo hinaus. Er war nicht der Erste und sich auch nicht der Letzte, der diese Tortur im Hause Evil durchleben musste.

„Butler! Die Tür!", schrie Herr Vater wieder. Dieses Mal jedoch wusste der, mir übrigens schon bekannte, Angestellte, was er tun sollte. Er hatte schon in Herr Großvaters Dienst gestanden und war beinahe so geschickt in vielem wie ebendieser.

„Eine Elisabeth Angel bittet um Einlass", verkündete er und verbeugte sich, während er auf den nächsten Befehl wartete. Ich runzelte die Stirn. Was machte Elisabeth hier? Sie sollte sofort verschwinden!

„Oh, wie interessant. Herein mit ihr, aber sofort!"

Die Tür wurde geöffnet und sie kam hinein. „Guten Tag, Sir. Guten Tag, James. Es freut mich Sie kennenzulernen, Duke Evil."

Herr Vater musterte sie und blickte dann zu mir herüber. Es war, als würfe er mir etwas vor, das ich nicht definieren konnte. Ich selbst hatte keine Zeit, lange darüber nachzudenken, denn Elisabeth von hier wegzuschicken, war wichtiger. Es war hier viel zu gefährlich. Sie war zu unvorsichtig.

„Es freut mich Sie wiederzusehen, Miss Angel." Er lächelte böse. Offensichtlich hatte er schon einen Plan gefasst, den er nur allzu bald offenbaren würde.

„Dürfte ich Platz nehmen, Sir?"

„Natürlich, Miss."

„Vielen Dank."

Danach herrschte eine Weile Schweigen, bevor Herr Vater wieder das Wort ergriff. „Sie kennen also meinen Sohn?", fragte er arglistig.

„Aber natürlich!"

„Und wie haben Sie ihn kennengelernt?"

Innerlich bereitete ich mich schon auf einen schrecklichen Moment vor, da ich keinen Ausweg aus dem Gespräch fand. Herr Vater würde nur wieder alles zu seinen Gunsten ausnutzen.

„Ach, ich bin durch Zufall beim Einkaufen auf ihn gestoßen, während ich auf einem Wochenendtrip war. Wir haben uns länger unterhalten."

„Wirklich?", fragte er nach. Ich wunderte mich, wie eiskalt sie lügen konnte. Der Grund war mir zudem vollkommen unbekannt.

„Ja, klar!"

„Und was treibt Sie zu diesem Besuch, Miss?"

„Nun, ich dachte einfach, ich würde einen guten Bekannten besuchen und ihm gleichzeitig zu der Übernahme einiger Firmen viel Glück wünschen."

„Nun denn, Sie sind hier herzlich Willkommen."

Nun gab es auch für mich keine Chance mehr, sie von hier wegzuschicken. Voller Angst wartete ich nur noch darauf, dass alles eskalierte. Sie hatte irgendetwas vor, das ahnte ich, doch noch nie hatte jemand gegen Herr Vater gewonnen. Man konnte nicht gegen ihn gewinnen. Er war der beste Geschäftsmann und gewissenlos, wie es nur ging. Er war ein teuflisches Genie und so sehr ich Elisabeth auch schätzte, sie hatte keine Chance.

Tag 19 – Zettel

Ich musste mich sehr zusammenreißen, um Mister Evil nicht eine zu scheuern. So ein abscheulicher Mensch, man konnte kaum glauben, dass es so etwas überhaupt gab. Dennoch saß ich da und bemühte mich, freundlich zu bleiben, während ich von allen Seiten böse Blicke erntete. Da mischte man sich einmal in fremde Angelegenheiten ein und schon waren alle wütend. Was für Spießer.

Immer wieder fragte ich mich selbst, wieso ich hierhergekommen war. Doch jedes Mal, wenn ich mich an die Worte erinnerte, die ich James gesagt habe, wusste ich es wieder. Wie sehr ähnelten sie doch denen, die mir meine beste Freundin, die sie vermutlich nicht mehr war, erzählt hatte. Und wie falsch waren diese Worte doch. Ich konnte zwar nichts mehr an dem ändern, was Cassandra dachte und sagte, aber ich konnte meine Meinung ändern. James wäre sicher niemals hierher zurückgekehrt, da war ich mir sicher. Ich war schuld. Und dabei war er der einzige gewesen, der für mich wirklich da gewesen war, ohne etwas zurückzuverlangen. Langsam wurde es wirklich Zeit, sich zu revanchieren.

„Nun denn, ich glaube, es ist an der Zeit, sich in die Gemächer zurückzubegeben. Vielleicht möchten Sie, Elisabeth, James aber auch in die Bibliothek begleiten", meinte Mister Evil und grinste hämisch.

„In die Bibliothek, Sir?", fragte James nach.

„Sicherlich. Du sagtest mir doch, dass du dahin wolltest." Offenbar hatte niemand James vorher gesagt, was er vorhatte. Ich wunderte mich zwar, was Mister

Evil dabei plante, sagte jedoch zu. Solange der Typ nicht so herumkreischen würde wie bei meiner Ankunft, konnte schließlich nichts schiefgehen.

„Wir sehen uns dann wieder beim Abendessen, Miss." Mit diesem Worten verabschiedete sich der eigebildete Herr und James und ich schlenderten zur Bibliothek hinüber. Den ganzen Weg über dachte ich ein drittes Paar Schuhe auf dem Marmorboden klackern zu hören, aber wirklich sicher war ich mir nicht. Dennoch, Mister Evil schien mir nicht wie jemand, der eine Fremde in seinem Haus unbeobachtet mit seinem Sohn reden lassen würde. Der war sogar schlimmer als mein Vater es gewesen war und der hatte schon nicht mehr alle Tassen beisammen gehabt.

Kaum dort angekommen, betrachtete ich alles genauer. Regale über Regale mit oft noch eingeschweißten Büchern. Nur wenige deutlich benutzte Bücher standen herum, eine große Leseratte schien dieser Angeber also auch nicht zu sein. Hinten im riesigen Raum entdeckte ich einen Tisch, auf dem ein wenig Papier sowie Stifte lagen. Perfekt. „Setzen wir uns, James?"

Er musterte mich argwöhnisch. „Natürlich."

„Gut." Ich setzte mich und zog das Papier näher.

„Weißt du, ich finde es wirklich wunderbar, dass wir uns wiedersehen. Unser letztes Treffen war immerhin schon so lange her. Erinnerst du dich noch daran? Du weißt, im Supermarkt, im letzten Jahr. Der ganze Wochenendtrip, auf dem ich da war, war wirklich schön und ...", begann ich meinen ellenlangen sinnlosen Monolog, während ich etwas aufs Papier schreib. Als ich fertig war, reichte ich James den Zettel, der mich komplett entsetzt anstarrte.

Wir werden sicher belauscht, deshalb sollten wir nicht offen reden. Ich will mich bei dir für alles entschuldigen, deshalb bin ich hier. Das hatte ich geschrieben.

Es gibt nichts zu entschuldigen. Seine Antwort war in einer Schrift geschrieben, die fast von einem Computer stammen könnte. Schrecklich.

Doch. Mir tut es wirklich leid, was ich gesagt habe. Ich war im Unrecht, aber ich werde es wieder geradebiegen. Da kannst du drauf wetten.

Nicht nötig. Es ist zudem sehr gefährlich hier.

Mir egal. Du weißt selbst, wie stur ich bin. Während wir schrieben, führte ich meinen Monolog über den fiktiven Wochenendtrip weiter, den er ab und zu mit sinnlosen Fragen bereicherte.

Ich weiß. Doch alles ist schon entschieden. Der Vertrag ist unterschrieben. Es gibt nichts mehr daran, das man ändern kann oder soll.

Bist du etwa glücklich, so wie es jetzt ist?

Gefühle sind subjektiv und subjektive Angelegenheiten sind nichts, das man mit anderen teilen sollte.

Also nein. Keine Sorge, ich bekomme das schon auf die Reihe. Ich schaffe alles, das ich mir vornehme.

Eine Frage hätte ich noch.

Welche?

Wieso das alles?

Ich werde meinen besten Freund nicht einfach im Stich lassen nach alldem, was er für mich getan hat.

Ein kleines Lächeln stahl sich auf James' Gesicht und auch ich lächelte. Ich würde das alles schon irgendwie geradebiegen. Für meinen besten Freund und damit auch den einzigen Menschen derzeit, auf den ich wirklich zählen konnte.

Tag 18

Some enemy
Can seem stronger
Can seem better
Can seem unbeatable
Can seem smarter
Can seem perfect
Some friend
Can seem weaker
Can seem not good enough
Can seem beatable
Can seem not smart enough
Can seem imperfect
But two friends trusting each other
Can be stronger
Can be better
Can be unbeatable
Can be smarter
Can be perfect
Together
When they stand in front of an enemy
Standing alone.

Tag 18 – Einen Versuch Wert

Als ich am Morgen aufwachte, bemerkte ich sofort, dass die Tür zuging und Schritte sich entfernten. Schon gestern Abend hatte mich jemand die ganze Zeit über verfolgt, was eigentlich normal gewesen war. Vater hatte seinen Besuch auch immer beschatten lassen, auch wenn er immer behauptet hatte, dass es nur zu ihrem Besten gewesen sei. Reiche Väter waren doch alle gleich – bescheuert, nervig und überheblich.

Noch immer dachte ich darüber nach, was gestern alles geschehen war. Der Duke war wirklich eine furchtbare Nervensäge, der sich wohl für einen König oder so hielt. Doch so leicht würde er nicht gewinnen.

Ich versuchte mich irgendwie aus dem Bett heraus zu drehen, doch es war schlichtweg zu groß. Dass ich mich dabei noch andauernd in den Vorhängen verhedderte, machte alles auch nicht gerade besser. Erst nach ein paar Minuten schaffte ich es, mit einem riesigen Krach auf den Boden zu plumpsen.

Das Zimmer insgesamt sah wirklich hässlich aus. Dieser dreckige Marmor war doch längst aus der Zeit gefallen und Satinvorhänge – welcher Mensch aus dem einundzwanzigsten Jahrhundert nutzte die noch? Und noch dazu in Rot, wohl damit man das Blut darauf nicht so gut sah, wenn der Typ hier jemanden umbrachte. Manche Menschen hatten einfach keinen Stil und Duke Dummkopf gehörte dazu.

Bevor ich hierher gefahren war, war ich noch kurz in meinem Haus gewesen. Mein Onkel hatte seine Drohung tatsächlich wahr gemacht und mich vor die

Tür gesetzt, wobei er wohl noch nichts davon wusste, dass das Testament von meinem Vater ihn längst nicht mehr im Erbe mit einbezog, so wie früher. Nichts mit den sechzig Prozent Anteil der Aktien, die waren für mich verwahrt worden. Dass sein eigener Bruder ihm das nicht gesagt hatte, hatte mich schon verwundert, aber reiche Leute waren ebenso. Konnte er mich doch aus dem Haus und aus der Firma herausschmeißen, in fünf Tagen war sowieso alles meins. Nur schade um mein Mobiliar, das er laut seinem Brief verkauft hatte, sodass ich nur noch zehn Koffer voll von unnötigem Schrott hatte. Das meiste hatte ich dort gelassen, da ich solchen Schrott nicht brauchte. Drei weiße Kleider, neue Schuhe, etwas Make-Up und ein wenig Geld und Schmuck waren genug für meine Reise hierher und das hatte sogar in einen Koffer gepasst, den ich leider in der Nacht heraufholen musste, weil ich ihn vor dem Tor stehengelassen hatte. Aber irgendwie hatte ich den Typen vor meiner Tür auch beschäftigen müssen, sonst hätte er sich beim Aufpassen total gelangweilt.

Aber eigentlich hätte ich nicht einmal diese paar Sachen mitbringen müssen, da das Zimmer voll von Kleidern, Schuhen und Make-Up war. Alles in allen Größen, Farben und Ausführungen. Offenbar wollte der Duke immer gut vorbereitet auf Damenbesuch sein, was wahrscheinlich an der Tatsache lag, dass sein ältester Sohn noch nicht verheiratet war. Zum Teil konnte ich es auch nachvollziehen, mein Vater war schließlich auch jahrelang auf der Suche nach dem Passenden für mich gewesen, auch wenn die meisten seiner Gäste sehr schnell verschwunden waren.

Ich kramte mir eins der Kleider aus meinem Koffer und zog es an. Es war zwar zerknittert, aber doch ganz in Ordnung. Zum Frühstück würde es wohl reichen. Noch ein paar Schuhe und ich war fast fertig. Kurz puderte ich noch meine Wangen und kämmte meine Haare, auf richtiges Zurechtputzen hatte ich gerade absolut keine Lust, und ging dann zur Tür. Auf wenn sie zu war, war ich fest davon überzeugt, dass jemand dahinter war, also öffnete ich sie mich Schwung – dem alten Butler direkt ins Gesicht. Beinahe hätte ich Mitleid mit dem alten Kerl gehabt, wie er da hoffnungslos versuchte die Blutung aus seiner Nase zu stoppen, aber eben nur fast. Man durfte sich niemals durch das Aussehen der Leute täuschen lassen und alte und gebrechliche Personen waren einfach eine gängige Marketingstrategie für Mitleid.

„Butler! Wo ist der Speisesaal?" Ein wenig übertrieben war mein Geschrei schon, aber so würde ich wenigstens verstehen, dass ich kein dummer Millionärstöchterchen war, das nur Ja-sagen konnte.

„Soll ich Sie geleiten, Ma'am?" Er klang verschnupft.

„Natürlich oder was dachten Sie?"

Er lief voraus und ich hinterher. Mit den hohen Schuhen überragte ich ihn sicherlich um zwölf Inch, dennoch drückte ich den Rücken durch und hielt den Kopf hoch. Ich war nicht klein, kleinlich oder unterwürfig und das zeigte ich auch.

„Wir sind angekommen, Ma'am."

„Das wurde aber auch Zeit."

Der Butler öffnete die Tür und ich trat ein. Die lange Tafel war festlich gedeckt und die beiden Evils saßen schon.

Tag 18 – Teuflische Angewohnheiten

Ich wartete, bis einer der beiden zu Essen begann, doch keiner rührte sich. Ich fragte mich mittlerweile, ob sie noch jemandem erwarteten, auch wenn es nicht sehr wahrscheinlich war bei der Art vom Duke, die meisten Leute zu behandeln.

Endlich rührte sich der Typ und zog eine Schüssel zu sich herüber. Beinahe hätte ich laut geseufzt, denn die Zeremonie konnte absolut niemand ertragen. So schnappte ich mir schnell auch eine Schüssel Porridge, da ich an die Teller mit dem Frühstücksspeck beim besten Willen nicht herankam. Wozu waren auch die Teller auf die ganze Länge der Tafel verteilt, wenn doch nur drei Sitzplätze besetzt waren? Neben mir stand nur diese eine Schüssel und einige Gewürze. Ich kippte ein bisschen Chili und Petersilie noch über den Porridge, für einen Moment mein gutes Benehmen vergessend. Ich hatte aber auch Hunger, das musste ich zugeben und von leeren Haferflocken wurde doch kein vernünftiger Mensch satt.

„Eine Dame isst nicht so, Miss." Der Duke musterte mich und verzog die Mundwinkel.

„Wie isst eine Dame denn, Sir?" Ich tat so, als würde ich nicht verstehen, worauf er anspielte.

„Erklär du es ihr, James."

„Herr Vater ist der Meinung, Sie sollen weniger Gewürze nutzen und auch einen Frühstücksteller zu sich herübernehmen."

„Was kann ich dafür, dass alle Teller einen halben Kilometer von mir entfernt stehen und weshalb sollen meine Essgewohnheiten nicht passend sein?"

„Butler! Der Teller! Und zudem entscheide ich hier, was mir passt und nicht ein wildfremdes Kind ohne Manieren. Sie sollen sich freuen, dass Sie kein dahergelaufenes Gör sind, sonst hätte ich Sie längst auspeitschen lassen. Niemand wagt es, meine Meinung anzuzweifeln, haben Sie das verstanden?"

„Habe ich, aber ich werde trotzdem so essen."
Eigentlich war es mir nicht annähernd wichtig, wie ich zu essen hatte, doch es ging ums Prinzip. Kein Mensch und erst recht kein Mann mit einem Selbstbewusstsein von der Höhe des Mount Everests und einem tatsächlichen Wert eines Müllhaufens konnte mich kommandieren. Ich war nicht schwach.

„Nun gut, dann wird mein Butler Sie morgen früh in ein Café fahren lassen, da so etwas sicher mehr Ihren Standards entspricht, nicht wahr?"

„Prima. Mich stört es nicht."

„Und Sie werden mich dort nicht stören."
Auch wenn ich nicht gewonnen hatte, so aß ich dennoch mit erhobenem Kopf so, wie ich es für richtig hielt. Den Zorn konnte ich ihm ansehen.

„Übrigens, James, ich fände es wirklich schön, wenn du deinen Besuch heute in unsere Gärten mitnehmen würdest, ich hätte heute gern meine Ruhe gehabt."

„Was für ein alter Angeber und Egoist …", flüsterte ich genervt. Was dachte der sich bloß, wer ich war?

„Was haben Sie gesagt?" Der Duke starrte mich an.

„Ich habe nichts gesagt, oder haben Sie ein Problem mit den Ohren, der werte Herr?"

Tag 17

Der Winter erscheint
mit erfrorenen Tränen, die er weint,
mit der Kälte, die er mit sich bringt,
und dem traurigen Lied vom Jahresende, das er singt.

Der Winter
er nimmt
hinter
der Sonne, die gerade noch glimmt
dem Herbst die letzte Wärme davon.

Die Kälte umgibt
ein alles hier,
doch wärmer als alles
so erscheint sie mir.

Im Winter die Kälte
wahrhaftig scheint,
wenn dieser mit uns
seine eisigen Tränen weint.

Doch all diese Kälte,
die er uns gibt,
dennoch die Kälte
der Menschheit fortnimmt.

Tag 17 – Überheblichkeit

Der gestrige Tag war, das Frühstück ausgenommen, relativ harmlos verlaufen. Herr Vater hatte das Mittagessen und auch das Abendessen abgesagt, sodass ich ihn an diesem Tag nicht mehr wiedergesehen hatte. Auf seinen Wunsch hin hatte ich Elisabeth durch die Gärten begleitet, so langweilig dieser Spaziergang auch gewesen war. Es war, als wäre immer irgendjemand hinter uns gewesen, weshalb sie den ganzen Tag über kein weiteres Wort mit mir gewechselt hatte.

Heute früh wurde sie ins Café in der Innenstadt gebracht, während ich an Herr Vaters Tische die erste Mahlzeit aß. Er war nicht sehr gesprächsfreudig und auch ich suchte nicht das Gespräch zu ihm. Es war ruhiger, wenn ich ihn nicht zur Wut brachte.

Direkt nach dem Essen ging ich ihn mein Zimmer, um zu putzen. Ich wusste nicht, weshalb ich es liebte, alles sauber zu machen, doch es war so. Ordnung und Reinheit, alles wurde dadurch perfekt.

Erst zum Mittagessen saßen wir wieder zu dritt am Tisch, ich an einem Kopfende, Herr Vater an dem anderen und Elisabeth An einem Platz, den man weder als Ende noch als Mitte bezeichnen konnte. Und kaum dass sie angekommen war, begannen auch schon die bösen Worte. Ich wünschte mir, ich könnte einfach gehen, doch das ging nicht so leicht.

„Haben Sie dieses Mal Extrawünsche, Miss?", fragte Herr Vater wütend nach.

„Nein, das passt schon. Allerdings könnten Sie ruhig einmal vorher Bescheid geben, was auf den Tisch kommt, dass man sich noch dafür entscheiden kann, etwas anderes zu sich zu nehmen."

„In diesem Hause entscheide ich, wer was wann und wo isst und sonst niemand."

„Gastfreundschaft kann man das nicht gerade nennen."

„Sie sind auch kein äußerst freundlicher Gast, da Sie Ihre Absichten nicht offenbaren."

„Wie bitte?"

„Jawohl. Wären Sie dem Hause Evil wohlgesinnt, hätten Sie erklärt, was der Zweck Ihres Besuches ist. Vielleicht haben Sie schlechte Absichten oder suchten nur eine kostenlose Unterkunft für wenige Tage? Vielleicht dachten Sie, Sie könnten hier etwas stehlen?"

Ich versuchte wieder, unentdeckt zu bleiben. Elisabeth hätte sich niemals mit ihm anlegen dürfen.

„Und was wären für sie das ehrenwerte Absichten?"

„Geschäftsverhandlungen und Heiratsabsichten. Da Sie eine Frau sind, kann auf Sie nur das zweite zutreffen."

„Das verbiete ich mir. Erstens bin ich auch als Frau nicht gezwungen zu heiraten und zweitens bin ich eine sehr gute Geschäftsfrau."

„Als ob man das Ihnen glauben könnte. Sie sind jämmerlich, einfach nur jämmerlich. Frauen können nicht auf derselben Ebene stehen wie Männer."

„Ach, und weshalb?"

„Darauf gehen wir nicht weiter ein. Sie werden schon noch verstehen, was ich meine. Butler! Geben Sie ihr eine Tasse Tee!"

Mir wurde schummerig. Schon wieder der Tee …

Tag 16

Verloren
Zwischen heute und morgen
Zwischen Freude und Sorgen
Verloren

Aufgegeben
Keine neue Chance im Leben
Keine Hoffnung mehr erleben
Aufgegeben

Besiegt
Tausend Tränen versiegt
Nur Verzweiflung gekriegt
Besiegt

Gewonnen
Hat der Feind, das Glück ist zerronnen
Hat der Feind, das Pech hat begonnen
Gewonnen

Zerstört
Ewige Hoffnung beschwört
Ewige Hoffnung unerhört
Zerstört

Tag 16 – Rache

Ich wachte mir einem gehörigen Brummschädel und Übelkeit auf. Gestern Abend ging es mir schon schlecht und heute noch schlechter. Ich wusste nicht, was der Duke in den Tee gemischt hatte, doch etwas war drin gewesen, da war ich mir sicher. Offenbar hatte ihm meine Ausdrucksweise nicht gepasst, aber so dass er gleich so überreagieren würde, hätte ich nicht ahnen können. So leicht würde er mich aber nicht kleinkriegen, wenn er dachte, dass ich wegen jedem Wehwehchen einen riesigen Aufstand machen würde. Und was sollte ich auch tun? Weggehen konnte ich nicht einfach so und offensichtlich brachte streiten auch absolut nichts. Es war verzwickt. Ich musste es schaffen, dass er seine Meinung änderte und diesen dämlichen Vertrag brach, aber wie sollte ich das, wenn er nicht einmal mit sich reden ließ? Es schien wirklich, als könnte er nur gewinnen. Vielleicht sollte ich einfach aufgeben. Gegen manche Menschen konnte man einfach nicht siegen. Hoffentlich würde James etwas erreichen, aber auch daran glaubte ich nicht wirklich. Wenn ich nur wüsste, was seine Schwachstellen waren. Doch er schien alles exakt so zu machen, dass er nur gewinnen konnte. Vielleicht war alles umsonst gewesen. Vielleicht sollte ich einfach aufgeben.

Tag 16 – Gemeine Pläne

James, es ist die ideale Chance. Sie ist wirklich reich und scheint dich, wenn auch mich nicht, sehr gut leiden zu können. Mit der Zeit und einigen Tassen

Tee werden wir ihr schon noch zeigen, wie sie sich zu benehmen hat."

Ich schluckte. Was sollte ich ihm nur antworten? „Ich glaube nicht, dass dies eine gute Idee ist, Sir."

„Du zweifelst meine Vorschläge an? Für wen hältst du dich? Weißt du nicht mehr, wie dein Vertrag lautet? Du hast ein Jahr Zeit, um zu heiraten, sonst kannst du gerne wieder von hier verschwinden. Wenigstens ihr Vermögen sollte eine Hochzeit wert sein, zur Not kenne ich einige gute Richter, die dir eine Scheidung möglichst problemlos ermöglichen. Du musst heiraten. Und auch wenn sie nicht gerade die beste Partie ist, glaubst du etwa, dass jemand anderes dich als Ehepartner überhaupt in Erwägung ziehen könnte? All diese Probleme die wir mit ihr hatten, konnten nicht umsonst sein. Du wirst sie heiraten, so einfach ist das."

Er klang furchtbar wütend, sodass ich mich beinahe nicht getraut hätte, etwas zu erwidern. Ich wusste, dass ihm eine Hochzeit viel bedeutete, dennoch wollte und konnte ich ihm nicht zustimmen. Niemals.

„Ich glaube nicht, dass sie zustimmt, Sir."

„Natürlich wird sie das. Die nächsten Tage lang wird es ihr nicht gut gehen und du wirst dich um sie kümmern. Frauen brauchen Beschützer. Und wenn sie denkt, dass sie sich auf dich verlassen kann, dann hast du sie schon für dich gewonnen. Frauen können nicht so komplex denken wie wir, also wird es ziemlich einfach, sonst würde ich dir so etwas niemals zutrauen. Und jetzt, an die Arbeit!"

Ich wünschte mir, ich hätte etwas dagegen tun können, doch das ging nicht. Ihm konnte man sich nicht entgegensetzen, erst recht nicht ich.

Tag 15

What's today?
A day of our lifes.
A little point in the line of time.
It's nothing but it's all.
Cause it comes again
It's all, what we have.

Today.
Just a day but so much more.
Without today won't be a tomorrow anymore.
We don't need it, but we wish for a better one a lot.

Today.
We are losing ourselves today.
One day as another and the year goes round.
We don't have time, but we have a plan for.
The world just screams always and then loud.
We don't know why, but it gets louder more and more.
And we lose us in this sound of a never-ending today.

Today.
Oh, today we have but we can't see tomorrow.
The work to do, the checklist and it's just full.
We do, we work for a better next day.
We go on, every day until the end.
But tomorrow doesn't wait for us.
And, oh believe me, it will never come.

Tag 15 – Neuer Tag, Neue Chance

Ich hatte einen Plan. Vielleicht war er nicht genial und erst recht nicht unfehlbar, aber es könnte funktionieren.

Die letzten Tage hatte ich mich aus Trotz einfach im Gästezimmer eingesperrt und nur James hereingelassen, in der Hoffnung, dass er eine Idee haben könnte. Er jedoch schien sich ziemlich seltsam zu benehmen, als wüsste er nicht so recht, was er tun sollte. Natürlich, er war schon immer ein wenig außergewöhnlich gewesen, aber nicht auf diese Art und Weise. Nicht so unsicher, sondern eher neurotisch-durchgedreht. Etwas stimmte mit ihm nicht. Selbst seine hellgrauen Augen wirkten stumpfer als sonst und wieder starrte er nur die Wand an. Ich wünschte mir, dass ich etwas dagegen tun konnte, aber das ging nicht. So hatte ich mich entschlossen, alles irgendwie alleine hinzubekommen. Vielleicht würde es klappen, vielleicht auch nicht. Nur noch zwei Tage mussten vorübergehen, bis ich meinen Plan in die Tat umsetzen konnte. Hoffentlich würde es klappen.

Ich setzte mich auf und seufzte. Während die Zeit kurz vor und am Anfang des Dezembers nur so stehen zu schien, so schien sie jetzt wie im Fluge zu vergehen. Ein Tag nach dem anderen und dabei immer versuchen, alles beim Alten zu belassen. Was für ein tristes Leben. Am liebsten würde ich ausrasten wie zuvor, aber mir fehlte die Kraft. Die triste Realität war zurückgekehrt.

Tag 14

Manche Worte
treffen härter als Dornen
schwerer und spitzer
und noch mehr verletzend

Dornen im Herzen
heilen nie mehr
Dornen ins Herz
treffen immer schwer

Dornen
schneiden in Herzen tiefe Löcher
schon heute, nicht erst morgen
noch und nöcher.

Dornen im Herzen
heilen nie mehr
Dornen ins Herz
treffen immer schwer

Worte wie Dornen

Tag 14 – Worte Wie Dornen

Es ging mir wieder besser, also bereitete ich mich zum Abendessen vor. Duke Evil hatte ich seit Tagen nicht mehr gesehen, eigentlich hatte ich auch nicht die leiseste Lust, ihn wiedersehen zu müssen. Er war ein unerträglicher Mensch und schon vor dem Essen war ich mir sicher, dass es zum Streit kommen würde. Ich versuchte, ein wenig durchzuatmen und mich nicht von Beginn an aufzuregen. Noch ein Tag, dann war es geschafft und wir konnten von hier verschwinden. Ich musste mich einfach zurückhalten.

So steckte ich noch kurz meine Haare hoch und strich das Kleid glatt, bevor ich dem Butler die Tür auf die Nase knallte. Ich hätte wirklich nicht gedacht, dass er noch da war, auch wenn ich seit Stunden kein Wort von mir gegeben hatte. Irgendwann musste er einfach lernen, dass man nicht an Türen horchen durfte, so einfach war das. Es geschah ihm recht.

Der alte Typ brachte mit zum Speisesaal, wo mich die Evils schon erwarteten. Einer sah grimmiger als der andere aus, aber das interessierte mich herzlich wenig. Ich wollte nur noch diesen Tag so schnell wie möglich hinter mich bringen, damit der Duke morgen keinen Verdacht schöpfen würde. Ein kleines naives Mädchen zu spielen gefiel mir gar nicht, aber es musste sein. Anders würde ich ihn nicht überzeugen.

„Guten Abend die Herren", begrüßte ich alle und setzte mich zwei Plätze von James entfernt hin.

Es war schon aufgetischt worden. Vor mir stand ein Teller mit ekelhaft aussehendem Steak mit Bratsauce und verschrumpelten Kartoffeln. Neben dem Teller stand eine Tasse Tee, auch wenn die anderen beiden ein Glas Wein bekommen hatten.

Laut Duke Evils Weltanschauung durfte ich wohl auch keinen Alkohol trinken, obwohl ich den Tee hier hasste. Und außerdem – kein vernünftiger Mensch zog noch solche Zeremonien für das Essen ab. Ich selbst war schon mit Brot zum Frühstück und Fertiggerichten zum Abendessen aufgewachsen, da meine Mutter einfach nicht kochen konnte.

„Wollen Sie nicht mit dem Essen beginnen?", fragte Duke Evil mit drohendem Unterton nach. Ohne ihm zu antworten, da ich da sicherlich frech geworden wäre, griff ich nach dem Besteck und versuchte, das Steak zu zersägen. Das war leider schwerer als gedacht.

„Schweigen ist keine angemessene Reaktion auf eine Frage, Miss." Der Duke starrte mich bitterböse an.

„Ja, ich würde jetzt furchtbar gerne essen."

„Sagt es Ihnen zu, Miss?"

„Ich kann Ihnen erst darauf antworten, wenn ich probiert habe." Ich bemühte mich um einen möglichst freundlichen Tonfall, während ich weiterhin versuchte, das Steak zu zerschneiden. Da konnte selbst ich noch besser kochen …

Als ich es endlich geschafft hatte, probierte ich und hätte es beinahe wieder ausgestuckt. Es würde mich wirklich wundern, wenn ich nach dieser Reise zunehmen würde.

„Ich erwarte eine Antwort."

„Es sagt mir zu." Ich versuchte, möglichst überzeugend zu schwindeln, aber so leicht war das nicht.

„Sie klingen nicht sehr ehrlich, Miss."

Tag 10 – Doch Gewonnen

Ich hatte es geschafft! Tatsächlich geschafft! Ich hatte Duke Evil besiegt und das ganz allein! Ich jubelte innerlich, während ich meinem Onkel eine Verlängerung seines Vertrages in die Hand drückte. Und dabei war es so einfach gewesen. Ich hatte ihm einfach aufgetragen, einen Mitarbeiter zu überzeugen, mit Duke Evil über den Kauf bestimmter Koordinaten zu diskutieren. Fünfhunderttausend Pfund für gerade einmal zehn Quadratkilometer war viel – offenbar genug als das der Duke nicht nachprüfen musste, welches Stück Land genau er da verkauft hatte. In einem Ultimatum von fünf Minuten war das sicher schwer zu entscheiden gewesen, doch sein Geldgier hatte mir zum Sieg verholfen.

Zwar musste noch der ganze Papierkram offiziell unterzeichnet werden und der Angestellte hatte es noch an mich verkaufen müssen, was alles ins Unerträgliche verlängert hatte, doch morgen würde alles wieder perfekt sein.

So lange hatte ich mich in all meiner Wut verbissen und einfach nur versucht, den Tag zu überstehen. Die Gegenwart schien grau und trostlos gewesen zu sein und ich hatte versucht, andere zu der idealen Lösung zu bringen, anstatt selbst etwas zu tun. Hass und Traurigkeit waren Großteil meines Lebens gewesen, doch das würde ich nicht mehr akzeptieren. Niemand würde mich so leicht zerstören. Und würde kämpfen, für das, was mir wichtig war. Ich würde gewinnen.

Tag 9

Never
you can buy
the love of friends.

Maybe
you can earn
by being nice and great.

Sometimes
you just get it
cause you are you.

Often
friends are
the light in the dark.

Every time
only the true friends are
the last stars on the sky when the world goes under.

Ever and never
the love of friends is the last you search.
Because you need it every time and you never earn it,
when you don't have it yourself for someone.

Tag 13 – Happy Birthday

Ich war zurück in Trewlancey. Das alte Sofa war von meinen Tränen klitschnass, die Tür war immer noch nicht repariert. Duke Evil hatte mich vor die Tür gesetzt und Minuten später meinen Kram hinterherschmeißen lassen. Und dabei wäre mir mein Plan fast geglückt. Doch ich konnte seine Kommentare zu meiner Familie nicht akzeptieren. Niemals.

Heute war mein Geburtstag. Seit Mitternacht war ich knapp eine Milliarde Pfund reicher geworden, jedoch nur noch unglücklicher. Jedes Mal, wenn ich die Augen schloss, sah ich Eleonore vor mir, wie sie gerade sprang. Und wenn meine Augen offen waren, sah ich nur einen leeren Raum vor mir, in dem sie fehlte. Wieso war sie nicht hier? Wieso?

Gegen Mittag würde ich fortfahren müssen, um das Geschäftliche in Newcastle zu erledigen. Es musste sein und wenn ich es nicht heute erledigte, würde es ewig dauern. Leider. Es war der schrecklichste Geburtstag aller Zeiten. Alles schien in Scherben zu liegen und ich hatte keine Kraft mehr, alles aufzubauen. Vorbei.

Tag 13 – Letzte Chance

Ich stieg aus dem Zug und drängelte mich an den Menschenmassen vorbei zum Ausgang. Ich hasste Menschen. Wieso mussten sie auch alle genau jetzt unterwegs sein und mir so nahe kommen? Ich hatte ihnen nichts getan, wieso also ärgerten sie mich? Ich verstand es wirklich nicht. Ich wusste auch nicht mehr, wie ich früher mit so vielen Menschen um mich herum auskommen konnte oder neben jemandem im Zug

Tag 13
Ein Jahr ist nun jetzt vergangen
Ein Jahr älter ist sie nun
Sitzt nun dort, tränenverhangen
Lässt den Zorn ein niemals ruh`n

Ein Jahr ist wieder vorbei
Doch die Glückwünsche umsonst
Wünscht sich nur Rache herbei
Jedoch nur mehr Wut bekommt

Ein Jahr könnte sie heut´ feiern
Doch sie ist der Feier Überdruss
Will nur dasselbe Jahr herunterleiern
Abermals nur voll Verdruss

Ein Jahr, auf den Tag genau
War ihr Geburtstag
Vor ihr liegt noch so viel, nicht nur Grau
Was sie gerade nicht erträumen mag

Angelegenheiten einzumischen? Wen, wann und ob überhaupt ich heiratete, ging ihn nicht an. Meinetwegen konnte zu anderen so frech sein, aber nicht zu mir. „Niemals!"

„Und weshalb sind Sie dann hier? Seit Sie hier angekommen sind, halten Sie den wahren Grund für Ihre Ankunft geheim. Sie haben gelogen."

„Nennen Sie mich einfach eine Lügnerin?"

„Jawohl und das sogar zu Recht. Sie sind eine Lügnerin so wie Ihre Schwester."

In diesem Moment konnte ich mich wirklich nicht mehr zusammenreißen. Was erlaubte er sich, über mich und meine Familie zu urteilen? Was erlaubte er sich, über alle auf dieser Welt entscheiden zu wollen?

„Wagen Sie es nicht nochmal, etwas über mich oder meine Familie zu sagen?"

„Wieso nicht? Ihr Vater mag zwar ein vernünftiger Mann gewesen zu sein, doch seine Frau war abscheulich. Und Sie und Ihre Schwester erst ... Man könnte Eleonore als Verräterin betiteln, so wie sie die Familie hintergangen hat. Und dann noch vom Hochhaus springen – wie jämmerlich. Nur Versager tun so etwas. Sie war es nie wert gewesen, unter der Aufsicht meines lieben Freundes Rancester zu leben. Der arme Mann, dass er unter so schrecklichen Kindern leben musste. Schade nur, dass dieses Biest nicht früher verstorben ist. Sie war ..."

Ich warf den Teller in die Luft und Duke Evil direkt ins Gesicht. Es klirrte, als dieser zerbrach. Scherben in seinem Gesicht und auf der Kleidung. Blut.

„Sofort raus mir ihr!"

„Aber ich habe geantwortet." Den Kommentar konnte ich mir nicht verkneifen.

„Sie sind eine äußerst unhöfliche Person, seit Ihr Vater fort ist. Erinnern Sie sich noch an unser erstes Aufeinandertreffen?"

„Nein, tatsächlich nicht." Ich ahnte zwar, dass er einer von den reichen Leuten auf einer von Vaters Feiern gewesen sein musste, aber aufgefallen war er mir nie.

„Ich war auf der Weihnachtsfeier vor sechs Jahren."

Jetzt fiel es mir wieder ein: Die schrecklichste Feier aller Zeiten, die mit zwei Knochenbrüchen und einem Wutanfall nach zwei Stunden geendet hatte.

„Damals war sie noch relativ klein."

„Ich war siebzehn, Sir."

„Das sage ich doch; klein. Sie sollten den Boden putzen und haben stattdessen flüssige Butter ausgeschüttet."

Daran erinnerte ich mich noch gut … Ich hatte wirklich gedacht, dass ich mir so viel Arbeit sparen konnte. Leider schienen es die Freunde von Vater nicht ganz so schön zu finden, wie ich anfangs dachte.

„Sie waren damals schon ein relativ freches Kind."

Kind, Kind, ich war kein Kind mehr!

„Ihr Vater musste sich damals sehr für Sie entschuldigen, versprach mir allerdings, dass er Sie eines Tages auf unser Schloss mitbringen würde, um Sie meinen Söhnen vorzustellen. Er empfand Sie als äußerst passend für meine Kinder."

Ja, das konnte ich mir gut und gerne vorstellen.

„Weshalb heiraten Sie James eigentlich nicht?"

Ich verschluckte mich am Steak und begann zu husten. James war vor Schreck die Gabel aus der Hand gefallen. Was erlaubte sich dieser Typ, sich in meine

Tag 9 – Gemeinsam

Ich schlich heimlich auf die Rückseite des Schlosses. So früh es nur ging war ich hierher gereist und hatte mir – leider unerlaubt – Zutritt verschafft. Der Zauner war zwar ziemlich hoch gewesen, aber so klein und ungeschickt war ich nun auch nicht, sodass ich halbwegs elegant herüberkam. Auf Kameras hatte ich nicht geachtet, den Wachen war ich aus dem Weg gegangen. Einen Versuch war es wert.

Nachdenklich starrte ich die Hauswand an. Wo lagen wohl James Fenster? Hier wirkte alles viel zu schmutzig für seine Verhältnisse. Ich lief ein Stück weiter und fand endlich ein Fenster, das zu ihm passen würde. Schnurgerade Gardinen, wie auch immer er das schaffte, und kein Fleck war von unten zu erkennen. Nur leider lag das Fenster knappe drei Meter über meinem Kopf. Ich sah mich nach einem Stein um, fand jedoch keinen. Natürlich, wo James wohnte, war nie etwas unordentlich. Taschen hatte ich natürlich auch keine, in denen ich etwas suchen konnte. Diese hübschen weißen Kleider mit weißen Mänteln sahen zwar hübsch aus, waren aber das Unpraktischste, das mir in meinem Leben jemals begegnet war. Verzweifelt fasste ich mir an den Kopf und hielt inne. Haarnadeln! Ja, das konnte klappen! Ich zog ein paar Haarnadeln heraus und begann, sie ans Fenster zu werfen. Nur Sekunden später tauchte jemand vor den Gardinen auf und öffnete das Fenster. James.

„Was machst du hier, Elisabeth?"

„Dich abholen kommen, was denn sonst? Du brauchst diesen Vertrag nicht mehr."

„Wie bitte?"

„Komm herunter und ich erkläre es dir. Bring noch deine Sachen mit, wir verschwinden."

Ich versuchte, so leise wie nur möglich zu schreien, was wirklich absurd klang. Plötzlich nahm ich Schritte hinter mir wahr und sah mich um. Da war niemand.

„Bitte, James! Es ist vorbei!"

„Von wegen vorbei. Du mieses Luder hast nicht zu sagen, wann etwas vorbei ist. Das entscheide ich!", schrie jemand von hinten. Im ersten Moment stand ich geschockt da, dann jedoch versuchte ich zu rennen. Weit kam ich nicht, denn ein fester Griff legte sich um meinen Arm. Ich zog wie wild, doch ich konnte mich nicht befreien. Beinahe fiel ich hin, als ich versuchte, einfach weiter zu rennen. Ich konnte meinen Arm keinen einzigen Millimeter aus dem Griff lösen.

„Lassen Sie sie los, Herr Vater."

Erst jetzt bemerkte ich, wer mich überhaupt festhielt. Duke Evil. Seine schwarzen Augen und die gehässige Stimme waren eigentlich unverkennbar, noch in der Panik hatte ich ihn nicht erkannt.

„Als ob ich mir irgendetwas von dir sagen lasse. Erst einmal erklärt mir dieses Kind, was es hier zu suchen hat. Oder soll ich die Polizei rufen?"

Ich atmete tief durch und versuchte, einen klaren Gedanken zu fassen. James trat näher an uns heran.

„Lassen Sie Elisabeth los, Sir."

„Geh, los! In dein Zimmer, James!" Der Duke blickte ihn nicht einmal an, während er mit ihm sprach.

„Nein."

„Du tust was ich dir sage, oder …" Duke Evil verkrampfte seinen Griff und ich zuckte vor Schmerz zusammen. Was für ein Fiesling!

„Sie haben hier nichts mehr zu sagen. Oder womit wollen Sie drohen? Mit einem Vertrag?" Ich drückte meinen Rücken durch und starrte ihm in die Augen.

„Jawohl. Entweder ihr beide macht sofort, was ich befehle, oder ich lasse Trewlancey abreißen!"

„Ach, und mit welchem Recht? Trewlancey gehört Ihnen nicht mehr, oder erinnern Sie sich nicht mehr an den Vertrag vor drei Tagen, den Sie unterschrieben haben? Die Stadt gehört nun mir." Ich grinste.

„Sie lügen." Er drückte noch fester zu.

„Sie lügt nicht. Sie haben selbst den Vertrag unterschrieben, Sir."

„Du wirst dich doch nicht gegen dein eigen Fleisch und Blut wenden, Sohn. Du bist ein Evil, du bist verpflichtet, mir zu gehorchen."

„Nein." James lächelte. „Bin ich nicht mehr."

„Du wirst es nicht wagen, deine Familie zu verraten. Du musst mir gehorchen. Ich bin dein Vater."

„Ich habe keine Verpflichtungen mehr Ihnen gegenüber. Sie haben verloren, Sir."

„Ich? Verloren? Niemals! Ich gewinne immer! Und früher oder später wirst du im Dreck liegend darum winseln, wieder meine Unterstützung zu bekommen!"

„Dazu wird es nicht kommen. Und jetzt lassen Sie Elisabeth los, Herr Vater. Wir gehen."

Duke Evil stand sprachlos da, lockerte jedoch den Griff, sodass ich meinen Arm herausreißen konnte. James und ich hatten gewonnen. Wirklich gewonnen.

Tag 8, Tag 7, Tag 6, Tag 5, Tag 4, Tag 3

Wie viel gibt es, das wir glauben
Ohne es zu wissen?
Wie viel gibt es, das wir behaupten
Worte, von der Wahrheit fortgerissen?

Vieles scheint doch so eindeutig
Vor uns sehen wir es deutlich.
Doch ob es die Wahrheit ist?
Diese Frage wird oft vermisst.

Wie viel gibt es, das wir glauben
Ohne es zu wissen?
Wie viel gibt es, das wir behaupten
Worte, von der Wahrheit fortgerissen?

Ewig glauben wir, andere zu kennen
Können unser Wissen doch oft nicht Wahrheit nennen.
Einordnungen fallen niemals schwer
Doch bringen Kategorien auch die Wahrheit her?

Wie viel gibt es, das wir glauben
Ohne es zu wissen?
Wie viel gibt es, das wir behaupten
Worte, von der Wahrheit fortgerissen?

Regale sind gut zu gebrauchen
Doch in den Schubladen sollen sich keine Ideale stauen
Nicht jeder passt in jedes Fach
Drum sollt vorm Einordnen werden nachgedacht

Tag 3 – Doch Nicht Perfekt

Anfangs schien bei unserer Rückkehr alles perfekt gelaufen zu sein. Tausende Probleme hatte ich beseitigen können, tausend Menschen hatte ich helfen können. Noch nie hatte es sich so gut angefühlt, wirklich etwas für andere tun zu können. Nicht nur das alte Ehepaar, die letzten, die ich vor der Hin- und Herfahrt zwischen Newcastle, Schloss Evil und Trewlancey kennengelernt hatte, hatten um Hilfe gebeten. So viele andere Menschen waren auf mich zugekommen und ich hatte wirklich etwas tun können und nicht nur leere Worte werden müssen. Es war ideal gewesen.

Beinahe hätte ich mich abermals in diesem Glücksgefühl verloren, als ich am vierten Advent aufstand. Ich wollte hinauslaufen, so tun, als hätte es nie etwas Schlechtes gegeben und mich Menschen auf den Straßen Trewlanceys widmen. Doch kaum dass ich aus dem Hausflur trat, kam die alte Verzweiflung zurück. In meinem Glückstaumel hatte ich einen entscheidenden Menschen vergessen: James.

Zwei Tage lang hatte ich nicht mit ihm geredet und es nicht einmal bemerkt. Er war selbstverständlich geworden, brachte morgens, während ich unterwegs war das Frühstück und räumte auf. Von der Freundschaft war nicht viel übriggeblieben, wie es schien. Ich hatte in meinem Eifer, alles perfekt zu machen, den wichtigsten Menschen hier vergessen.

Ich hatte mich verändert und vergessen, wem ich überhaupt verdanken konnte, dass ich so weit war. Doch auch er hatte sich verändert. Seine hellgrauen

Augen hatte ich seit dem Abend im Schloss nicht mehr leuchten gesehen und ansehen tat er mich überhaupt nicht mehr. Besonders fehlten mir seine Worte, die etwas Magisches an sich hatten, so selten sie auch waren. Vielleicht waren sie auch etwas so Besonderes für mich, weil sie so selten waren.

James lief gerade über die Straße, um vom Laden möglichst schnell zum Haus zurückzukehren. Plötzlich traf ihn ein kleiner Ball am Kopf und er stürzte. Ich lief sofort zu ihm hinüber, um ihm aufzuhelfen.

„Danke", meinte er kurz, als er wieder stand, und wollte weitergehen.

„Nicht so schnell." Ein kleiner Junge, höchstens zehn, stand uns im Wege, stemmte die Hände in die Hüften und starrte uns herausfordernd an. „Einen Teufel können wir hier nicht gebrauchen."

Fassungslos stand ich da. Wieso war er nur so gemein? Was hatte James ihm getan?

„Ich finde nicht, dass du so mit ihm reden solltest", versuchte ich den Jungen zur Vernunft zu bringen. Sicher konnte ich alles schnell klären. Ein Kind konnte doch nicht so sehr von Hass erfüllt sein, dass es auf Leute losging, ohne sie zu kennen.

„Von wegen. Ich weiß genau, dass er auch ein Evil ist und genau so ein Arschloch wie sein Vater. Er sollte besser hier verschwinden. Teufel kann man nicht ändern, selbst ein Engel kann das nicht." Der Junge hob den Ball hoch und warf ihn kurz in die Luft, bevor er davonging. Was war nur los? Wieso war er so gemein?

James ging, während ich noch nachdachte, schon ins Haus hinein. Schnell rannte ich hinterher.

„Stört dich so etwas eigentlich gar nicht?", fragte ich.

„Nein", antwortete er kalt. Eine Träne lief ihm über die Wange. Er log, das wusste ich.

„Ich werde das schon ändern." Innerlich bereitete ich schon eine Rede vor, mit der ich die Einwohner von ihm überzeugen konnte. Das konnte doch nicht so schwer sein, freundlichen Menschen zu erklären, dass James auch freundlich war.

„Kannst du nicht."

„Wieso? Was ist das Problem?"

„Sie sehen dich als Engel. Du kannst nicht mit einem Teufel auskommen. Das geht nicht."

Ich blieb stehen. Was sollte das? Er wusste doch, dass ich ihm gerne helfen würde! Er war mein bester Freund! Ich war doch für ihn da! „Findest du es etwa falsch, eine Rolle zu spielen, die einem angeboten wurde, um etwas Gutes zu tun?"

„Kann etwas richtig sein, das auf einer Lüge basiert? Und kann etwas falsch sein, das von etwas Richtigem über etwas Richtiges zum perfekten Ergebnis für alle führt? Manche Fragen kann man nicht beantworten."

Tag 2

Life.
Life has two sides
the dark one and the bright one
but I only like the bright.

Life.
All around has to do something with life
but how can we like
this life no one exactly knows?

Life.
Oh how much can we tell about life
but what do we really know?
Nothing.

Life.
I wish I couldn't see
all the people around me
with no heart and no soul
because the devil paid with gold.

Life.
There's too much to tell about
but for a description there's no word
because life changes without a stop.

Life.
That's a word, which describes all and nothing at once.
Life.
But the meaning is every time a different.

CL

Tag 2 – Richtig Und Falsch

Schnee rieselte vor meinem Fenster auf den Boden. Ganz Trewlancey war in Weiß gehüllt. Und zum ersten Mal seit langer Zeit schien die Stadt auch aus ihrem Schlaf erwacht zu sein, denn die Straßen waren von Menschen gefüllt. Vielleicht war Trewlancey immer noch eine Stadt aus Trümmern bestehend, aber dafür mein Zuhause.

Ich warf mir meinen Mantel über und ging hinaus. Tief atmete ich die frische Luft ein und entspannte mich einen Moment lang. So voll wie in Newcastle war es hier längst nicht, aber dafür tauchten ab und zu schon einige bekannte Gesichter auf. Die Menschen hier waren einfach wunderbar, bis auf ein paar winzige Ausnahmen und den Hass, der sie alle vereinte.

Es betrübte mich ein wenig, dass sie James hier so hassten. Ich bemerkte zwar, dass es tausende Gründe gab, aber dafür auch bestimmt viele mehr, es nicht zu tun. Doch diese ignorierten sie geflissentlich. Ich wurde hier gern gesehen und jeder nahm meine Hilfe an, doch wenn er auch nur auf die Straße kam, war hier die Hölle los. Leider.

Immer noch bekam ich seine Worte nicht aus dem Kopf. *Findest du es etwa falsch, eine Rolle zu spielen, die einem angeboten wurde, um etwas Gutes zu tun?* hatte ich ihn gefragt. *Kann etwas richtig sein, das auf einer Lüge basiert? Und kann etwas falsch sein, das von etwas Richtigem über etwas Richtiges zum perfekten Ergebnis für alle führt?* hatte er mir die Gegenfrage gestellt. Was war es dann, wenn nicht richtig und nicht falsch? Sollte ich die Wahrheit riskieren oder mit einer Lüge leben? Es war immer wieder dieselbe Frage, für die es keine eindeutige Antwort gab. Keine Antwort, die mir sagte, ob es richtig oder falsch war. Auch wenn es keine eindeutige Antwort gab, so hatte ich indirekt eine erhalten, so verwirrend sie auch war.

„Elisabeth!", riss mich eine Stimme aus meinen Gedanken. Sara schon wieder. Seit ich ihr geholfen hatte und auch noch ihr Sohn gesund geworden war, klebte sie mir an den Füßen.

„Was ist, Sarah?"

„Also, ich dachte, ich sollte dich noch einmal zum Weihnachtsfest einladen. Du weißt ja, wir würden uns so sehr freuen und du hast bestimmt nichts zu tun und könntest deshalb schon zu uns kommen. Du hast doch nichts vor an dem Tag, oder?"

Kurz schmunzelte ich über ihre liebe Absicht, die sie mir schon so oft offenbart hatte, doch dann antwortete ich dasselbe wie jedes Mal.

„Ich muss es mir überlegen."

„Das sagst du schon so oft!"

Sie kniff die Lippen zusammen und stemmte die Hände in die Hüften. Offenbar hatte sie sich in den Kopf gesetzt, dass ich kommen musste.

„Also gut. Ich komme nicht."

„Was? Wieso nicht?"

Ich bemerkte, wie ich schon nach einer passenden Lüge suchte. Doch wieso wollte ich eigentlich nicht dorthin? Vermutlich, weil ich nicht noch an Weihnachten die größte Lüge meines Lebens erzählen wollte. Ich war kein Engel und sie gab sich nur deshalb mir ab. Es war an der Zeit für ein wenig Wahrheit.

„Ich kann nicht. Ich bin nicht die, für die ich gehalten werde." Ich schloss kurz die Augen. Die Wahrheit war heraus, doch immer noch war ich wütend. Wütend auch mich selbst, dass ich so lange gelogen hatte.

„Was?"

Grimmig blickte ich in die Ferne. „Ich bin kein echter Engel, nur eine junge Frau aus der Stadt mit einem passenden Namen. Ich bin auch nicht wiedergeboren, wie man sich hier herumerzählt."

„Das ... das kann nicht sein!", schrie sie und stampfte auf den Boden, kurz bevor sie davonrannte.

Ich seufzte. Da hatte ich wohl wieder alles vermasselt. Doch nach ein paar Minuten kam sie schon wieder. Ihr Temperamt flachte offensichtlich genauso schnell ab, wie es entflammte.

„Wie kann das sein?"

„Das ist kompliziert."

„Ok. Du kommst also." Und kurz nach den Worten war sie schon verschwunden und ich starrte verdutzt durch die Gegend. Ich würde kommen? Sicher nicht. Hatte sie mir überhaupt geglaubt? Ich wusste es nicht, aus dieser Frau konnte man einfach nicht schlau werden. Doch jetzt wusste ich, was ich noch zu tun hatte. Es würde morgen noch eine große Versammlung geben. Ich hoffte nur, dass es annähernd so friedlich verlaufen würde wie jetzt.

Tag 1

Perfect words
Perfect days
Perfect lies
Can't be true
Because there is no perfect anyway

What it seems like
Is not what it is
And there will be a point
When you recognize:

In the truth are a lot of lies
In the falsehood is also a lot of truth
There will never be a line between
What is wrong and what is right.

All seems perfect
But it just can't be
There will always be a lie
You can't see.
Perfect words
Perfect days
Perfect lies
Can't be true
Because there is no perfect anyway

Tag 1 – Perfekte Worte

Ich schloss meine Augen. Meine Hände zitterten und mein Herz schlug mir bis zum Hals. Nervositätsschweiß rann dir das Gesicht hinunter, doch ich hatte schon lange aufgegeben, ihn immer abzuwischen. Ich hatte Angst.

„Es wird schon funktionieren, Elisabeth."

Überrascht schlug ich die Augen wieder auf und blickte in ein liebliches Lächeln. James' graue Augen blickten mich an und mein Herzschlag beruhigte sich ein wenig. Allein mit seiner Anwesenheit war es, als würde er das Chaos und die Verzweiflung absorbieren. Vielleicht eine Nebenwirkung seiner seltsamen Macken, aber selbst an die hatte ich mich schon gewöhnt. „Danke." Ich lächelte zurück.

„Wofür?"

„Dass du an meiner Seite bist, trotz allem was geschieht. Trotz all meinen Lügen und gemeinen Worten. Und trotz dass ich nie etwas dagegen ausgerichtet habe, dass dich niemand hier akzeptiert."

Ich senkte beschämt meinen Kopf. Ich wusste nicht, was ich tun sollte, um alles wieder in Ordnung zu bringen.

„Erwarte nicht zu viel von dir, Elisabeth. Du hast schon viel mehr Gutes getan, als so viele andere in ihrem gesamten Leben."

„Und wie? Durch eine Lüge! Egal, wer mir nur über den Weg lief, ich habe ihn angelogen. Und das nennst du etwas Gutes?"

Vorsichtig strich er mir über den Rücken und legte mir eine Hand auf die Schulter. „Es ist nicht deine Schuld.

Und das Wichtigste ist, du wirst alles auch wieder korrigieren. Du solltest stolz auf dich sein, denn seine Fehler anzuerkennen und zu verbessern, ist eine der größten Stärken, die es nur gibt."

Ich ließ mich in seine Arme sinken und dieses Mal wich er auch nicht wie gewohnt zurück. Mir war unklar, wieso ihn die anderen Menschen so sehr hassten. Seine Macken waren zwar gewöhnungsbedürftig, aber nichts, das ihn wirklich ausmachte. Er war ein wunderbarer Mensch, und das ohne aber. Vielleicht sollte ich meiner Rede noch ein paar Worte hinzufügen. Seinetwegen.

„Wir sehen uns dann später", meinte ich und löste mich aus der Umarmung. Ich ging auf die Menschenmenge zu, die sich vor einem kleinen Podest für Ansprachen in Trewlancey versammelt hatte.

„Liebe Bürger,", begann ich und ließ meinen Blick durch die Menge schweifen, „es ist mir eine Ehre, dass sich heute so viele von Ihnen hier versammelt haben. Außerdem möchte ich Ihnen danken. Danken, dass Sie mich so herzlich hier aufgenommen haben."

Alle jubelten und ich zweifelte auf einmal an meinem Entschluss. Sollte ich Ihnen die Wahrheit sagen? Würden Sie mir dann noch irgendetwas glauben? Würde ich für sie überhaupt eine Bedeutung haben, wenn ich kein echter Engel war? Natürlich, Sarah störte sich nicht sonderlich daran, aber sie war auch kein nachtragender Mensch. Die Leute würden sich belogen fühlen, weil ich kein Engel war. Und dabei wollte ich sie nicht einmal anlügen. Doch eine Lüge blieb eine Lüge, egal, wie man es auch drehte.

„Ich weiß, ihr haltet mich für einen echten Engel. Aber ich bin keiner. Ich bin auch nicht wiedergeboren oder so, nein. Ich bin ein normaler Mensch. Dass ich mein Möglichstes tue, um euch zu helfen, ist wahr, aber mein Name ist nur ein Name."

Zum Ende hin hatte sich Tumult ausgebreitet. Die Menschen schüttelten ihre Köpfe, spuckten mir vor die Füße oder gingen einfach. Sie wollten mir nicht zuhören, so wie ich es erwartet hatte. Ich hatte versagt.

Tränen rannen mir über das Gesicht und ich sah nichts mehr um mich herum wirklich klar. Alles war vergebens. Ich war niemand mehr. Ich wollte nur alles wieder gerade richtig machen, doch ich hatte versagt. Elends versagt. Die Menschen gingen fort, wandten sich von mir ab. Hätte ich bloß nie etwas gesagt.

Dann, aus der Ferne, nahm ich ein Klatschen wahr. Verwirrt wischte ich mir die Tränen aus den Augen. Wer klatschte bloß? Offenbar war alle anderen genauso verwirrt wie ich, denn auch sie sahen sich um. In einem Hauseingang, ein ziemliches Stückchen weit weg, stand jemand. Schwarzer Mantel, schwarzes Haar und leuchtende hellgraue Augen. James. Ich lächelte. Es bedeutete mir viel, da ich wusste, wie sehr er Menschenmengen hasste. Sich nicht einzuschließen, hatte ihm sicher viel Überwindung gekostet.

Plötzlich begann auch Sarah zu klatschen und einzelne stimmten mit ein und blieben. Mein Publikum war zwar nicht mehr groß, aber ich fasste neuen Mut und setzte wieder mit den Worten an. Noch war nicht alles verloren. Morgen war Weihnachten und ich war gewillt, es zum besten aller Zeiten zu machen.

Tag 1 – Elisabeths Rede

Immer mehr Applaus brandete auf, wenn auch der größte Teil der Leute verschwunden war. Noch immer hörten mir die Menschen zu. Ich konnte etwas erreichen. Ich würde etwas erreichen.

„Liebe Bürger, es tut mir leid, dass ich nicht von Anfang an die Wahrheit gesagt habe. Besser gesagt, meine Schwester, die vor mir hier war." Kurz machte ich eine Pause, da meine Stimme versagt hatte. Ich wusste einfach nicht, wie ich es sagen sollte. „Ich glaube, ihr wisst, was geschehen ist", fügte ich nach einiger Zeit hinzu.

Manche senkten ihren Kopf und andere sahen verwirrt umher, doch andere Worte konnte ich nicht finden. Wer es nicht wusste, sollte es vielleicht auch nicht wissen, so war es am besten. Und es gab sicher genug Klatschtanten hier, die die neusten Infos für eine Tasse Tee verteilten.

„Es war nicht meine Absicht, euch hier anzulügen. Doch mit der Zeit gibt es von einer Lüge keinen guten Weg zurück. Man kann nichts mehr an dem ändern, wie es jetzt ist und es bringt nichts, einander zu beschuldigen. Doch eine Frage habe ich; hättet ihr mich aufgenommen und um meine Hilfe gebeten, wenn ihr mich nicht für einen Engel gehalten hättet?"

Es gab vermutlich niemanden im ganzen Ort, der auf meine Frage mit Ja antworten würde. Sie misstrauten der Menschheit und ich konnte es ihnen nicht verübeln. Selbst ich würde mich niemals einer Fremden anvertrauen, egal, wie nett sie auch sein konnte.

„Nein. Vielleicht ist es richtig so, wie es gekommen ist, nur sollte es eben nicht so bleiben. Doch es gilt immer noch, dass ich euch gerne helfe. Ich werde mich nicht von euch abwenden, nur weil ich menschlich bin. Menschen machen zwar auch Fehler, aber auch diese kann man korrigieren. Und ich werde meinen Ohren nicht vor euren Problemen verschließen, nur, weil ich vielleicht nicht auf Anhieb die perfekte Lösung finde."

Ich legte wieder eine kleine Pause ein und betrachtete die Leute vor mir. Manche schienen sich wieder beruhigt zu haben und mir auch wirklich zuzustimmen, andere jedoch schüttelten ungläubig die Köpfe. Ich würde wohl noch eine Menge Arbeit vor mir haben, bis sie mir wieder vertrauten.

In Gedanken ließ ich meinen Blick nach rechts schweifen. Immer noch stand James an derselben Stelle. Nur näher an die Wand gedrückt hatte er sich. Er wirkte glücklich, soweit ich das von hier aus sehen konnte. Und das, obwohl sie ihn sofort verscheuchen würden, wenn er auch nur in die Nähe der Menschenmenge kommen würde. Er tat zwar so, als würde es ihm nichts ausmachen, aber so konnte es nicht bleiben.

„Im Großen und Ganzen kann man sagen, dass Namen nur Namen sind. Aus ihnen entstehen ebenso Vorurteile wie aus allem anderen. Manchmal gute, manchmal schlechte. Dennoch sollte man niemals einfach im Vorneherein über etwas oder jemanden urteilen. Aus diesem Grund möchte ich, dass ihr meinen besten Freund auch hier in dieser Stadt akzeptiert. Er ist ein wunderbarer Mensch, egal, wer auch seine Familie ist. James ..."

Ich streckte meine Hand aus, doch er wich nur noch ein Stück zurück. Viele hatten sich schon umgedreht und kramten in ihren Taschen nach Dingen, die sie werfen konnten. Ein heilloses Chaos war entstanden. Ich eilte zu ihm und stellte mich neben ihn. Sein Herzschlag war deutlich zu spüren. Die Menschen jagten ihm eine höllische Angst ein, da war ich mir sicher. Sonderlich beruhigt war ich von ihrem Verhalten auch nicht, dennoch versuchte ich möglich ruhig zu atmen.

War so ein Hass auf einen beinahe Fremden wirklich möglich? Er hatte nie etwas getan, doch kaum dass er aus seinem Versteck kam, war nur Hass um James herum. Vielleicht war es der Hass auf seinen Vater, den er abbekam, aber auch das war nicht gerechtfertigt. Ich griff nach seiner Hand und hielt sie fest. Schon flogen die ersten Sachen durch die Gegend, verschmutzte Taschentücher und auch Tüten.

„Wieso? Wieso hasst ihr James so sehr?"

„Er ist der Teufel", antwortete ein Mann grimmig. Immer wieder überraschte mich die Sicherheit der Menschen, die hier von Himmel und Hölle redeten und doch nichts darüber wussten.

„Nein. Er ist kein Teufel. Er ist ein Mensch wie jeder andere. Und er ist mein bester Freund."

„Wir wollen keinen Evil in dieser Stadt haben. Sein Vater ruiniert alles, da kann er nicht besser sein."

„Er kann. Und ich hoffe, eines Tages werden Sie das verstehen." Ich zog James mit mir, der mittlerweile schon kurz vorm Durchdrehen war. Vielleicht war es keine so gute Idee gewesen. Vielleicht konnte man den Menschen ihren grundlosen Hass nicht einfach ausreden.

„Es tut mir leid", meinte ich, als wir im Haus angekommen waren.

„Kein Problem. Es macht mir nichts aus, gehasst zu werden, das ist nichts, das du ändern musst, Elisabeth." Ich blickte ihm in die Augen, die sofort zur Seite wanderten. Er log.

„Nur weil du es gewohnt bist, damit umzugehen, heißt es nicht, dass es dir nichts ausmacht. Aber keine Sorge, für mich bist und bleibst du mein bester Freund."

„Also ich find dich ja auch ganz nett", sagte jemand hinter uns. Ich drehte mich um. Sarah.

„Willst du auch zu Weihnachten kommen, James?" Sie grinste. Sie war wirklich eine wahnsinnige Nervensäge, aber dafür ein guter Kumpel.

James blickte zu mir und dann zu ihr. „Es würde mich sehr freuen."

Bis jetzt erst eine, die ich überzeugt hatte. Aber es würde alles gut werden, da war ich mir sicher. Besser als gut, perfekt.

Tag 0

You are my heart
You are my soul
You will always stay a part of me
You are my friend
You are my backup
You are the one I can always count on
I am your heart
I am your soul
I will always stay a part of you
I am your friend
I am your backup
I am the one you can always count on
You and me
For all the times
Not even the devil can destroy our bound
For all the times
I am on your side
And you are on mine
Just for all the times and a lot longer
There are no words
I have to tell
There is no thing
You can´t understand
I am on your side
And you are on mine
For all the times and a lot longer

Tag 0 – Liebe

Ich griff nach James Hand. Er zitterte und ich zog ihn näher. Zum ersten Mal seit Jahren sperrte er sich nicht an Weihnachten in seiner Wohnung ein. Und ausgerechnet bei Sarah sollten wir den Abend verbringen, auch wenn sie vermutlich der unordentlichste und aufbrausende Mensch war, der in Trewlancey zu finden war. Auch ich war nervös, da ich nie wusste, wann sie gerade wieder ihre Emotionen übersprudeln ließ. Vielleicht war es eine schlechte Idee gewesen, James an andere zu gewöhnen.

Lächelnd schüttelte ich den Kopf, als ich mich dabei ertappte, wie ich die Angst vor Menschen zur Rationalsten der Welt erklärte. Ja, selbst ich fürchtete mich vor ihnen. Es waren die einzigen Wesen, die aus einem Hass heraus handelten, nicht aus dem Wille zu überleben. Vielleicht verstanden wir beide die Welt um uns herum nach Jahren der Einsamkeit nicht mehr. Aber ehrlich, wer verstand die schon vollkommen?

Ich klingelte. Noch bevor der Klingelton verklungen war, riss Sarah schon die Tür auf. Und schon renkte mir James fast den Arm aus, bei dem Versuch zurückzuweichen. Sie grinste über beide Ohren und beinahe wäre ich auch nach hinten geflüchtet, riss mich aber rechtzeitig zusammen.

„Ich bin ja so glücklich, dass ihr beide heute hier seid!", quietschte Sarah überdreht und schmiss sich mir auf den Hals. Ich drückte sie so schnell von mir weg, wie ich nur konnte, ohne sie zu verletzen. Natürlich, sie war einfach wunderbar, aber sie schaffte es einfach, zu wunderbar zu sein.

„Ich freue mich auch", erwiderte ich und zog James hinter mir in die Wohnung, der seltsamerweise schon ziemlich nah am Treppenhaus gestanden hatte. Doch anders als erwartet herrschte überall kein solcher Trubel. Kaum angekommen setzten wir uns an den Esstisch und begannen ein Gespräch, während wir munter Stapel von Essen verdrückten.

Die Zeit verging wie im Fluge und nach ein paar Stunden taute sogar James auf. Wir lachten, scherzen und natürlich aßen gemeinsam bis es langsam dunkel wurde. Die Kinder waren wirklich ruhig und eigentlich war meine Furcht unbegründet gewesen. Es war ein wundervolles Weihnachtsfest, das mit dem Abschied allerdings noch nicht zu Ende war.

„Und? Was machen wir jetzt?", fragte mich James kaum das wir aus der Wohnung gegangen waren. Den ganzen Abend schon lag ein zauberhaftes Lächeln auf seinem Gesicht, das mich bei jedem Anblick erheiterte. Seine grauen Augen leuchteten förmlich in der Dunkelheit. So fröhlich hatte er noch nie gewirkt.

„Ich muss aufs Dach." Sofort legte sich eine Falte auf seine Stirn und er krallte sich wieder an mir fest.

„Nein, nicht so aufs Dach. Ich möchte Eleonore nur ein letztes Geschenk überreichen."

Er nickte, doch ich konnte die Verwunderung von seinem Gesicht ablesen. Wir gingen hoch, um das kleine Päckchen für meine Schwester zu holen. Dieses Geschenk würde vermutlich das einzige sein, dass ihr jemals gefallen hätte.

Wir gingen die Treppe hoch bis zum Dach. Kaum das ich die Tür öffnete, schlug mir ein eisiger Wind entgegen und der Griff um meinen Arm verstärkte sich. „Keine Sorge, es dauert nur einen Moment", sagte ich und löste ihn vorsichtig von mir. Ich ging zwei Schritte nach vorne und hockte mich hin. Der Wind zerrte an meiner Kleidung, doch noch gab es etwas, das ich ihr sagen musste.

Vorsichtig legte ich mein Geschenk aufs Dach. Es war ein Buch, das ich gestern Abend nur für sie geschrieben hatte. Sie hatte mich schon immer schreiben sehen wollen und jetzt bekam sie ein Buch. Nur für sie.

Plötzlich hatte ich das Gefühl, als wäre sie hier. Natürlich war sie nicht da, aber ich spürte ihre Anwesenheit ganz klar und deutlich in meinem Herzen. Dort war sie immer gewesen, zu Lebzeiten und auch danach. Ich konnte sie nicht für immer verlieren, da sie dort auch immer bleiben würde. Denn egal, was auch uns trennte, sie war immer meine Schwester gewesen und würde es immer bleiben. Kurz wischte ich mir die Tränen aus den Augenwinkeln und stand dann auf. Ein toller Weihnachtsabend lag vor mir, da war ich mir sicher.

James hatte sich hinter der Tür versteckt, soweit er nur konnte, aber das störte mich auch nicht. Er hatte heute schon einen Schritt getan, der groß genug war, ich konnte nicht erwarten, dass er von heute auf morgen alle Ängste ablegen würde.

Gemeinsam gingen wir nach unten. Die Socken hingen schon am Kamin und morgen würde es Zeit für die Geschenke sein. Ich hoffte nur, dass sie ihm gefallen würden. Wir setzten uns gemeinsam vors Fenster und betrachteten das Schneetreiben. Wunderschöne weiße Schneeflocken, jede so perfekt und einzigartig, fielen den Himmel hinunter und bedeckten die Welt. Es war einfach ein wundervoller Anblick.

„Weißt du, schade ist an allem nur, dass Eleonore erst fortgehen musste, damit alles seinen Weg finden konnte", meinte ich gedankenverloren.

„Sie musste nicht fortgehen, damit alles seinen Weg fand, aber vielleicht hat sie ihren eigenen Weg in diesem Chaos genannt Leben nicht gefunden."

„Sie wollte fliegen. Ich wünschte, ich könnte auch fliegen, aber so etwas gibt es wohl nicht."

„Natürlich kannst du fliegen. Um zu fliegen muss man weder auf ein Hausdach klettern, noch sein ganzes Leben hinter sich lassen. Um zu fliegen muss man nur seinen Träumen folgen."

Bewundernd blickte ich James an. Dieses Talent, die perfekten Worte zu finden, seltsam, dass es mir lange Zeit nicht aufgefallen war. „Für einen Menschen, der Worte angeblich nicht leiden kann, findest du aber ziemlich gute."

Nun blickte er auch mich an. „Vielen Dank. Aber ich glaube, wenn man viel Zeit zum Denken hat, und wenig sagt, dann sind die richtigen Worte schnell gefunden."

„Was würdest du jetzt gern sagen?"

Er runzelte die Stirn. „Ich weiß, was ich sagen könnte, doch ..."

Gespannt wartete ich. „Doch was?"

„Ich weiß nicht, ob sie passen würden."

„Deine Worte passen immer, James."

„Ich ... ich liebe dich, Elisabeth."

Mein Herz setzte einen Herzschlag aus. James liebte mich. Liebte ich ihn auch? Ich wusste es nicht. Ich hatte noch nie jemanden auf diese Art geliebt. Doch es war schon seltsam, schon immer ließ er mein Herz höher schlagen, egal, ob gerade vor Wut, Freude oder Liebe. So viel hatte ich an seiner Seite schon gespürt, nur nie Gleichgültigkeit.

Sein Gesicht näherte sich dem meinen und ich wich nicht zurück. Im Gegenteil, wie im Reflex beugte auch ich mich vor, bis unsere Lippen sich trafen. Sanft drückte er mir einen Kuss auf die Lippen, bevor er sich wieder nach hinten sinken ließ. Seine grauen Augen leuchteten, sie waren so liebevoll und wunderschön. Er war einfach perfekt, wenn auch auf seine Art und Weise.

„Ich liebe dich auch, James." Ich spürte es einfach. Manchmal musste man sich nicht darauf konzentrieren, ob man jemanden liebte oder nicht. Entweder es gab dieses Gefühl oder es gab es nicht. Und in seiner Gegenwart spürte ich dieses einzigartige Gefühl, das mein Herz höher schlagen ließ und mich über meine Grenzen hinauswachsen.

Einzeln waren wir zwei Chaoten, die alles um sich herum in Trümmer legen konnten durch Unachtsamkeit. Gemeinsam waren wir perfekt, als hätte es nie etwas anderes gegeben. Er an meiner Seite, anders konnte ich mir die Zukunft gar nicht vorstellen. Und so dünn dieses Band zwischen uns auch begonnen haben mochte, es schien sich von Minute zu Minute zu verstärken. Er liebte mich und ich ihn.

Wieder näherte er sich meinem Gesicht und küsste mich. Ich erwiderte diesen Kuss voller Freude. Es gab wirklich nichts, das uns jemals trennen konnte. Es war das perfekte Weihnachtsgeschenk.

Epilog

We are going to drown,
we are going to fall,
we are going to lose,
lose ourselves.

We are going to drown,
in all this little problems
and all this mean people,
that fill out our worlds.

We are going to drown,
we are going to fall,
we are going to lose,
lose ourselves.

We are going to fall,
fall in love to someone,
who is not even worth
our acceptance.

We are going to drown,
we are going to fall,
we are going to lose,
lose ourselves.

We are going to lose ourselves
for all that terrible people,
who don't even know,
that we could exist.

We are going to drown,
we are going to fall,
we are going to lose,
and maybe we find back.

Maybe we find back,
cause of all the people,
who love and who like us
and who always will be there.

Epilog – Hochzeit

Kirchenglocken ertönten über unseren Köpfen. Es war an der Zeit. Langsam schritt ich den langen Gang zum Altar entlang. Die lange Schleppe schleifte über den Boden und um mich herum war es höllisch laut. Leute flüsterten einander etwas zu, während mein Kleid bei jedem Schritt raschelte und knirschte. Vielleicht waren die acht Schichten doch etwas übertrieben, aber so oft heiratete man nicht im Leben. Ich hoffte, es würde das erste und letzte Mal werden. Nein, ich war mir sicher.

Die Glockenklänge neigten sich dem Ende zu und ich eilte etwas schneller vorwärts. Sarah, meine Trauzeugin, hüpfte wie ein besoffener Flummiball durch die Gegend und klatschte in die Hände. James hingegen war vollkommen ruhig.

James ... Er war einfach so wunderbar. An seiner Seite war einfach alles perfekt. Einen liebevolleren Menschen hatte ich noch nie getroffen. Seine Ehefrau zu werden, war einfach nur ein Traum.

Unsere Blicke kreuzten sich und das Gefühl der Verbundenheit wurde immer stärker. Sanft ergriff er meine Hand, um mit mir die letzten Meter bis zum Altar zu beschreiten.

Der Priester räusperte sich und es wurde mucksmäuschenstill in der Kirche.

„Willst du, James, Elisabeth zu deiner angetrauten Ehefrau nehmen, sie lieben und ehren, bis dass der Tod euch scheidet?"

Er blickte mir tief in die Augen. „Ja, ich will."

„Und willst du, Elisabeth, James zu deinem angetrauten Ehemann nehmen, ihn lieben und ehren, bis dass der Tod euch scheidet?"

„Ja, ich will!" Ich liebte ihn, da war ich mir sicher. Und es gab nichts, das diese Liebe zerstören konnte. James und ich, das war etwas für immer und über die Ewigkeit hinaus.

Er steckte mir den schlichten Goldring an den Finger. Wunderschön funkelte der Ring im Kerzenlicht der Kirche. Doch nichts war so schön wie seine Liebe. Es war einfach nur perfekt.

Widmung

Liebe Leser,

damit ist das Buch nun beendet. Ich hoffe, dass es euch gefallen hat und dass Elisabeth Angel und James Devilius Lucifer Evil euch auf eine Reise mitnehmen konnten, die ihr nicht so schnell vergessen werdet.

Ich habe „Nah dem Himmel" letzten Dezember kurz vor Weihnachten geschrieben und dennoch war die Geschichte während des Korrigierens für mich so aktuell wie eh und je. Vielleicht konntet auch ihr mit Elisabeth vor Verzweiflung weinen und dann wieder vor Freude erstrahlen oder mit James euren verloren geglaubten Mut wiederfinden.

Ich freue mich über jeden, der dieses Buch liest und sende an jeden von euch Lesern allerherzlichste Grüße. Besonders danken möchte ich jedoch drei Menschen, die für dieses Buch essentiell geworden waren:

Mama – eine sehr gute Freundin und Unterstützerin

Lel & Sunny – sehr gute Freundinnen und Probeleserinnen

Außerdem widme ich das Buch an meinen Vater, der mich dabei finanziell unterstützt, an meine Lehrer der Anna-Seghers-Schule und an alle meine supertollen Freunde.

Grüße an euch!

Wer mehr von mir lesen will, findet mich als @thetasteoftears2022 auf Wattpad, Meinungen zum Buch gerne per Mail, dort findet man mich als @marlenelayance@gmail.com.

Schreibt mir gerne!

Eure

Marlène Warnke

Tag 12, Tag 11, Tag 10

Wenn die Zeit dahinverfließt
Wenn vom Himmel Pech es gießt
Wenn die Welt zu stehen scheint
Waren all die Tränen umsonst verweint

Manchmal scheint die Zeit zu stehen
Nur die Menschen weitergehen
Weiter, weiter bis zum Ende
Niemals auch nur eine Wende

Blicke zurück schmerzen sehr
Da man ändern kann nichts mehr
Doch einfach weitergehen
Lässt einen nur schneller am Ende stehen

Lasst man mal Revue passieren
Kann man auch nichts mehr verlieren
Doch vielleicht sieht man dann ein
Was in der Gegenwart nicht muss sein

Vergangenheit ist längst vorbei
Zukunft ist nun einerlei
Doch die Gegenwart macht oft Sorgen
Die noch gestern war erst morgen

sitzen konnte, ohne durchzudrehen. Etwas hatte sich grundlegend geändert. Ich hatte mich geändert.

Kaum angekommen rief ich mir ein Taxi, um schnell zu Rancester Companies zu kommen. Es dauerte ziemlich lange, da ich mich auf keinen Fall irgendwo vordrängeln wollte. Noch eine Stunde Fahrt mit so vielen anderen Menschen hätte ich allerdings nicht ausgehalten. Als ich endlich im Wagen saß, war ich erleichtert. Hoffentlich war diese Reise schnell vorbei.

Etwas später war ich in meinen neuen Firmen angekommen. Ich bedankte mich beim Taxifahrer, drückte ihm einen fünfzig-Pfund-Schein in die Hand und ging nach oben. Kaum angekommen, erwartete mich schon mein Onkel.

„Elisabeth, was machst du hier?"

„Wir zurückholen, was mir zusteht."

„Sei doch nicht so gemein zu deinem lieben Onkel. Ich wollte immer nur dein Bestes und so viel Geld kannst du auch nicht gebrauchen. Das Haus bekommst du selbstverständlich zurück, meine Liebe."

Was für ein schrecklicher Typ er doch war. Erst wollte er mich aus dem Haus schmeißen, dann erfuhr er, dass ich alles geerbt hatte und spielte wieder den liebsten Onkel der Welt. Abscheuliches Verhalten.

„Natürlich. Hast du schon eine neue Stelle gefunden oder bist du noch auf der Suche?"

„Du schmeißt mich hinaus? Das geht nicht!"

„Das geht. Allerdings hätte ich eine Idee, wie du mich doch noch von deiner Wichtigkeit überzeugen könntest. Liegt dir etwas an deinem Job oder nicht?"

„Ich helfe dir äußerst gerne!"

Vielleicht würde mein Plan so aufgehen …